❖おばかりさま――9

❖まごころの励まし――43

❖ 歩き方を忘れる――75

❖移動図書館の猫――189

❖首都地震に備える――221

章扉絵◎――川崎麻児
装丁・本文設計◎――西山孝司
編集協力◎――藤野吉彦

❖おはばかりさま

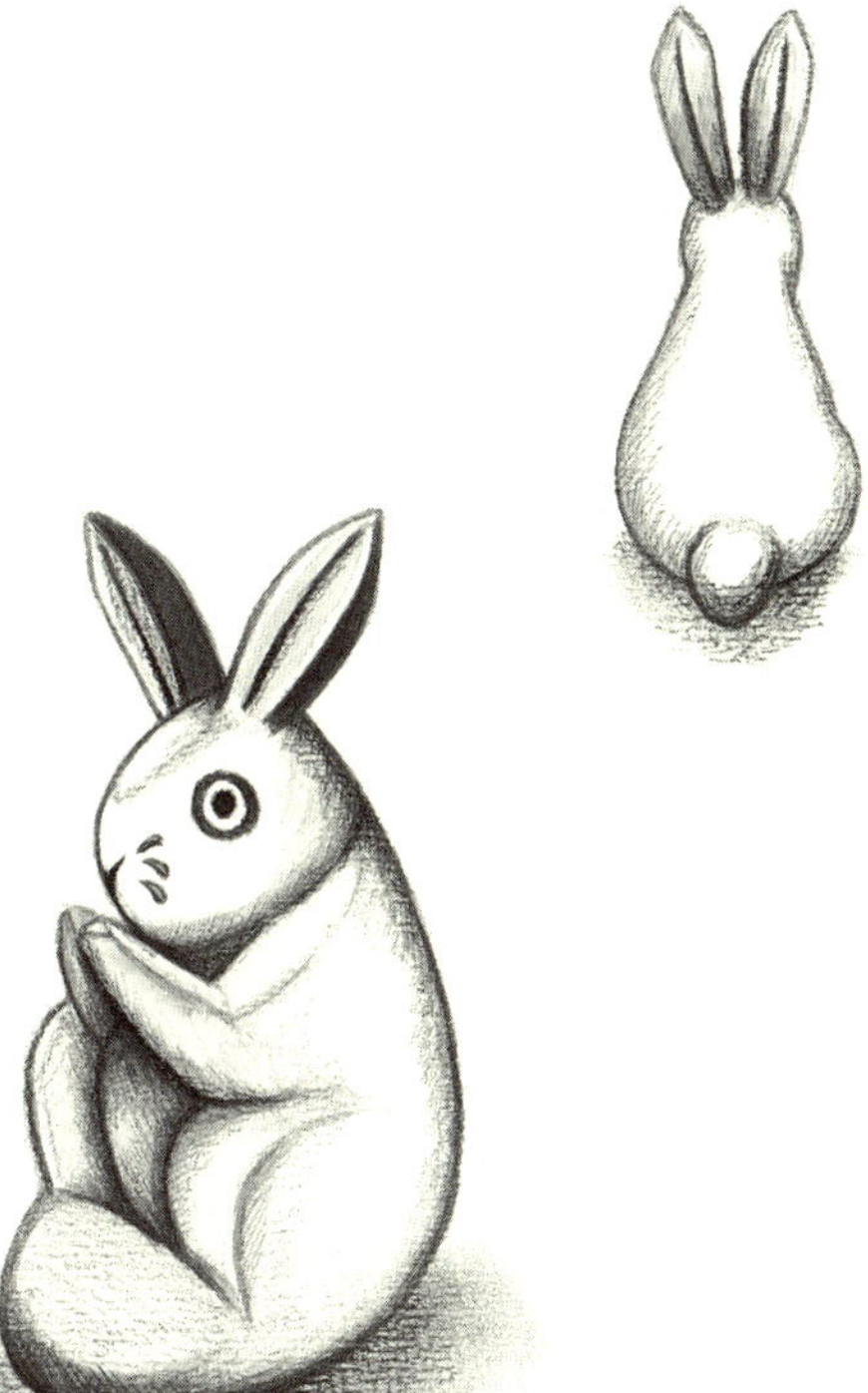

◉「というそうだ」に潜むもの

新聞や雑誌を読んでいて、気にかかることがある。近頃、めだってきたのだが、たとえば事件記事の文章である。

「という」「という」が、やたらに続く。

例をある日の某紙に取る。弘前市の消費者金融放火事件の容疑者に対する事情聴取が始まった。

容疑者は、青森市内のタクシー運転手である。勤め先のタクシー会社における男の動向を報じている。その文章。

「事件から半月ほどたってから何度も捜査員が来たという。だが、（略）特に男を怪しむ人はいなかったという。男は（略）『2、3年前に家を建てた』などと話していたという。その後は（略）東京にも働きに出ていたらしいという」

同僚の話を、そのまま伝えているようだから、「という」で構わないのだが、次の例はどうか。

「事件直前は同月5日に勤務し、6日は休み（略）事件当日の8日はもともと休みだったという」「職場の野球チームで捕手をし、町内の野球チームにも所属していたという」

どちらも調べれば正確な事実が判明すると思うのだが、いかがなものだろう。

明治初期の、新聞記事がこんな調子だった。どこそこのだれそれさんの猫が、のら犬の子に乳をやり、立派に育てているそうで、腹を痛めたわが子さえ平気で捨てる人間は、猫の爪のアカを煎じて飲むがよい。なに、猫の乳がよろしいと。もったいない。

「という」文体は、あるいは現代の風潮をうつしているのだろうか。自分に関係ないことはどうでもよい、という何事も「他人事」ととらえる、一種投げやりな考え方。たとえば政治家の弁明が、そうではないか。当事者なのに、当事者ではないかのように語る。

子供の頃、友だちが、「何々だそうだ」ときわめてあいまいな話し方をすると、すかさず、こんな文句を歌うように唱えてひやかした。「ソーダ村の村長さんが、ソーダ飲んで死んだそうだ。葬式まんじゅう、でっかいそうだ」

私の村でだけ行われた文句かと思っていたら、そうじゃない。ほぼ、全国で、子供たちが大声ではやしていたらしい。一体だれが作ったのだろう。言葉尻をとらえてからかうのは、子供はお手のものだが、この「そうだ」に限っては、やはり伝聞のうさんくささに反発したのだろう。子供は言葉には敏感である。

今、思い出したが、政治家が何か良からぬ事を仕出かすと、「大変遺憾に存じます」「遺憾の意を表します」と必ず言う。決まり文句の遺憾は、申しわけないの意かと思っていたら、明治の本に「むねん」の読みが出ていた。無念、なるほど。一種の政治家語であろう「という」。

◉食べずに死になさい

俳人・正岡子規《まさおかしき》の母八重《やえ》の筆跡は、儒者の娘だけに、見事である。子規あて手紙の追伸に、「かへすかへすも寒さつよく候間かせ共ひかぬよふ御用心被成候」とある。「かせ共」は風邪など、である。母親の言葉はまことに平凡だが、ありがたい。当り前の言葉に力があるのは、世の母親だけだろう。学の有無に関係ない。「はやくきてくたされ。はやくきてくたされ」とくり返す野口英世《のぐちひでよ》の母シカの手紙は、たどたどしい文章と、その筆跡に心を打たれる。息子にだけわかればよい、と一所懸命書きつけたのだ。手紙は真情で書くもの。

「おカあさんわなんにもカケないのです。たしやで　はたラいてください。たべものにき

をつけて　びょき（病気）をセヌようにいって（祈って）をります」

　これは「花と龍」の作家・火野葦平《ひのあしへい》にあてた母の手紙。息子に手紙を書くために、孫に文字を教わりながらつづった。

　彫刻家・阿部晃工《あべこうこう》をご存じだろうか。北海道士別の出身で、「昭和の左甚五郎《ひだりじんごろう》」とうたわれた人だが、東京美術学校時代に相撲のけいこで右腕を複雑骨折した。彫刻家には致命傷であり、自殺を考えたほどだった。美術学校にも苦学して入ったのである。そのころに、故郷の母に帰りたい、と訴えたらしい。母から次のような手紙がきた。

「手紙見ました　大分困って居るやうですね（略）今家は大変です　一銭の金も送ってやれません　母はお前を天才児として育てて来ました　母はそれが誇りだつたのです　今はお前も一人前の人になりました　その一人前の人間が食べられないから帰るとは何事です　乞食でも野良犬でも食べて居ます　お前は野良犬や乞食にも劣る意久地の無い男ですか　母は末つ子のお前を甘やかして育てたのが悪かつたのです　けれどもそんなそんな意久

地なしには育てないつもりです　食べられなければ食べずに死になさい　何で死ぬのも同じ事です　運命なのです（略）お前は母がいつ迄も優しい母だと思つて居るのは間違ひです　そんな意久地なしは見るのもいやです　帰つて来ても家へは入れません　死んで死んで骨になつて帰って来なさい（略）」

何という激烈な言葉だろう。しかし、母親が吐くから、愛情なのである。晃工はこの手紙に発奮し、左手で製作、次々と入選を果たし、日本彫刻界の重鎮となった。なお晃工の母は先の手紙の翌年に、五十三歳で病死したという。

晃工の母の手紙は、『マルセイユのロダンと花子』（文芸社）の著者・資延《すけのぶ》勲《いさお》氏に教えていただいた。

手紙の末文はこうである。「そして一日も早くお前の死んで帰る日を母は待つて居ます

喜二郎どの母より」

◉ なにものでもない

大リーグのオールスター戦出場メンバーに、日本人選手が三人選ばれた（二〇〇三年）。外野手のイチローと松井、それに投手の長谷川である。

三年連続、最多票で選ばれたイチローは、記者会見でこう語った。（ＮＨＫ）

「驚き以外のなにものでもない」

イチローは、二十九歳である。同年の松井のコメント、「選手としてこれ以上光栄なことはない。選ばれたからにはベストを尽くしたい」に比べると、何だか新鮮に聞こえるのは、言葉がえらく古風だからである。

第一、これは文章の言葉である。普段、私たちが会話で用いるそれではない。二十代の若者の口から、よどみなく流れ出たので、驚いたのである。

二年前、イチローは国民栄誉賞を辞退した。辞退の理由を、「自分はまだ発展途上の人間だから」と述べた。「発展途上」という語も、新鮮に聞こえた。

イチローは、相当の読書家かも知れない。それはともかく、「驚き以外のなにものでもない」は、今の世相にぴったりの言葉である。

古本屋でマンガを万引きした少年が、警察官に驚いて逃げ、踏み切りで電車にはねられるという、痛ましい事件があった。驚いたことに、古本屋の店長に非難が集中した。世間の人たちには、たかがマンガの一冊や二冊で咎めるなんて、という意識があったのだろう。むしろ、自分は悪い事をした、と認識し、必死で（不幸にも実際になってしまったが）逃げた少年の方が、まともだったのである。店長は店を閉める羽目に至ったが、私には、何が良くて何が悪いことなのか、判断できない人たちの多さこそ、「驚き以外のなにものでもない」。

言葉をかえていえば、悪い事をしている、という自覚がなく、悪事をしているのである。政治家や知事の事件を見ていると、まさにそうだ、という気がする。

これは大変恐ろしいことである。悪い事をする当人だけでなく、いさめるべき周囲の者にも、悪いという自覚が無いということだからである。善悪の区別ができぬ人の世、なんて「驚き以外のなにものでもない」。

いろんな事件が起こる。原因はさまざまだが、地域の無関心さが気になる。

町会の回覧板がまわってきた。毎月、地元の小学校だよりが届けられる。十五年、三百六十七号も続いている。学校行事や、ニュース、給食献立予定表、それに先生方や生徒の短文が載っている。地域社会の和に、この小さな新聞は、目に見えぬ大役を果していると思う。うどんがとてもおいしい、という五年生の文に、「心があったまりました」とある。あったまる。この話し言葉が、新鮮である。

◉ おはばかりさま

「市中ひきまわしの上、打ち首」という言葉が、物議をかもした。テレビで聞いていると、「しちゅう引きまわし」と言っているが、江戸の時代は、「まちなか引きまわし」と発音したのじゃないかしらん。

発言者の大臣は、東映映画で学んだそうだが、東映映画の名誉のために弁じれば、私が子供のころに見た時代劇では、「まちなか引きまわし」と言っていたはずである。なぜなら子供の私が、そう覚えているからである。江戸期の言葉は、皆、映画か芝居で覚えるものだ。

確か、「市中はもの、匂ひや夏の月」という古句もある。夏目漱石《なつめそうせき》に、「市中」と記した句が、二句ある。「市中に君に飼われて鳴く蛙」「市中は人様々の師走哉」いずれも、まちなか、と読ませている。

私が東京に出てきたのは一九五九（昭和三十四）年だが、店員になって第一日目の晩、番頭さんに連れられて銭湯に行った。湯船につかっていると、老人が下湯《しもゆ》を使いながら、「ひえもんだよ、ごめんよ」と断りを言った。

この話は何度も書いたが、ぽっと出の少年にとって、最初のカルチャー・ショックである。きっすいの東京語を聞いた、というより、江戸言葉を耳にしたわけだ。ひえもん、は冷え物で、自分の体は冷えているよ、自分が入ると湯がぬるくなるかも知れないが、許してくれよ、という意味である。「広辞苑」に、「ひえものでござい」とあり、「江戸時代、銭湯の浴槽へ入る時の会釈の語」とある。三馬《さんば》の「浮世風呂」にも出ていたと思う。

一九五九年に七十代八十代の人というと、明治十年、二十年代に生まれている。当然、江戸言葉を身につけている。

上京当時、言葉でもう一つ、ショックを受けた。

私は古本屋の店員だったが、買い上げてくれた品を、客の自宅に届けた。五十代の奥さんが、「重かったろうね。おはばかりさま」と言った。

店に戻って、ただちに「広辞苑」を引いた。おはばかりさまでは出ていず、はばかりさま、であった。相手の労に対し、感謝の言葉である。あの時以来、私は一度も耳にしたことが無いから、おはばかりさまも、はばかりさまも死語であろう。

お気の毒さま。お粗末さま。お世話さま。おひよりさま。心地よい言葉が、皆、消えつつある。

今思いだしたが、そういえば、お土砂《どしゃ》をかける、という言葉があった。東京の下町人は、ごく普通に口にしていた。おべんちゃらを言うことである。おべんちゃら、も耳遠くなったか。おべっかを使うことである。おべっか、がわからない？　日本人に日本語が通じなくなったか。

◉全裸で入浴する

電車の吊《つ》り広告を見て、笑ってしまった。

「史上初！　空飛ぶヌード」とある。週刊誌の広告だが、どの見出しも、おかしい。「私生活ヌード」なるものもある。この週刊誌の広告は新聞にも載っているが、こちらは、至るところに「スクープ」の文字が踊っている。いわく、独占スクープ。独走スクープ。スクープ撮り下ろし。スクープ入手。衝撃スクープ。スクープカラー。数えてみたら、八カ所もあった。「衝撃スクープ」のタイトルが、「××（人名）全裸入浴ビデオ」とある。

入浴って、全裸が当り前なのではあるまいか。

いや、まてよ。私は十数年前、上高地のホテルで見た貼り紙を思いだしたのである。大浴場の入口に、こうあった。「着衣の入浴はお断りします」。番頭さんに聞くと、下着を脱がずに、湯船につかる客が多いのだそうである。大浴場は男女混浴ではない。私は男湯に入ったのだが、してみると、男が全裸を恥ずかしがっているわけだ。私はそのような客と出くわさなかったが、番頭さんの話では、都会の若者だそうである。

集団での入浴に、慣れていないのだろう。内湯の普及が、人の目を異常に気にさせるようになったかも知れない。銭湯で見ていると、入浴の作法を知らぬ若者が多い。下湯を使わずに、いきなり湯船に入る。断りもなく、湯を薄める。洗い場で、立ったまま湯をかぶる。唾を吐く。桶に汚れ湯を張ったまま、出ていく。いずれも内湯の使い方である。

江戸時代の、入湯の挨拶どころではない。

武家がいばっていた時代は、いやなことがたくさんあったろうが、それだけに人々は、おのおの「分」に安んじ、他人さまの迷惑にならぬよう、つつましく生きていたと思われる。人情の面では、ストレスになるような局面は、少なかったろう。当時の人たちは、言葉の力というものを信じていた。しゃれたせりふを吐くことが、自分の喜びであり、人さまを楽しませることだった。挨拶の言葉ひとつにも、頭を使ったのである。銭湯の先客に、「ひえものでございい」と断る。このセンスは、並でない。

岡本綺堂《おかもときどう》の半七捕物帖に、「けさは寒いね」「冴え返えるようでございます」というやりとりがある。現代人には、この、打てば響くような応答が、とっさにできない。「寒いよね」オウム返しの言葉しか、出ない。言葉を楽しむ気持ちが、ないのである。だから、つまらないことで、いがみあいになる。ギスギスする。「めっきりひえびえしゅうなりました」「おあったかでございます」「うだるようでございます」こんな挨拶が自然に口に上るようなら、世はなごやかだろう。

◉ たちつて灯油

わが家の暖房は、コタツと石油ストーブである。エアコンもあるが、冬は使わない。のどをやられてしまい、どうもよくない。加湿器を併用してみたが、うっとうしくてやめてしまった。石油は週に一回、車で売りに来る。音楽を鳴らしながら、やって来る。たちつて灯油ポッカポカ、という歌詞である。たちつて灯油が来たぞ、はひふへほらほら、と私たちは灯油缶を下げて買いに行く。

去年から十枚つづりの券を発行するようになった。この券を買うと、自宅まで灯油を運んでくれる。というより、空の灯油缶に券を添え玄関に出しておけば、十八リットル分を詰めてくれる。いちいち車を追いかけなくてすむ。雨や雪の日でも、買いそびれることがない。今年も券を利用することにした。現金買いより、安い。現在は十八リットルで八百三十円である。券を用いれば八百十円である。たった二十円得するだけ、と言うなかれ。銀行からこれだけの利子をもらうには、一万円ほどの預金が必要である。

この数日めっきり冷え込んだ。灯油の減りも早い。年末年始は宵っぱりになるから、多めに買い置かねばならぬ。第一、灯油屋さんが正月中は回らない。

たちつて灯油が来たぞ、かきくけ急げ、とカミさんをせきたてると、何やらぐずぐずしている。たちつてどうした？　と聞くと、券が見当らぬ、と言う。とにかく空き缶を玄関に出し、夫婦で探し始めた。

まだ二枚しか使っていない。もったいない。六千四百八十円を紛失したのと同じである。銀行の利子だと……いや、そんなことを言っている場合ではない。

券を購入したのは、二週間前である。先週は灯油を買わなかった。どこかに置き忘れたに違いない。券を買ったのは私だが、カミさんは私から受け取った覚えがない、と言う。

「ちょっと待て。よく思い出してみよう」

灯油屋さんにお金を払い、券をもらった。その時二缶買い、十枚つづりから二枚だけ切り取って相手に渡した。二枚を渡し、残り八枚は私の手元にあった。これは間違いない。問題は、そのあとだ。自分の行動を思い出してみる。灯油屋さんが引き揚げたあとで、重い灯油缶を地下の洗面所前に運んだ。いや待てよ。その前にポストをのぞいた。ちらしが数枚入っていた。それを取り、ちらしと券をカミさんに…「あっ」とカミさんが顔色を変えた「私はちらしと思ってクズ箱に捨てました」

今更どうしようもない。でも念のためにと灯油屋さんに話すと、再発行しますよ、使用していないことは明白ですから、と言った。たちつて灯油ポッカポカ。

◉ 銀杏にミカンが

私より十数年若い編集者のAさんが、こんな話をした。「銀杏《いちょう》の木に、ミカンが生《な》っているんで、びっくりしました」「銀杏にミカンが？」

聞いている私だって、びっくりする。驚かない方が、おかしい。

「昨日、早目に退社し、帰宅したんです。まだ日のあるうちに家に帰るなんて、何年ぶりかですよ」

仕事が仕事だから、いつも夜遅くなる。

「ふしぎですね、時間が早いとなると、ちょっと遠回りして家に帰ろうと思うんです」

別にふしぎとも思わないが、そんな気になるのはわかる。

「いつもの通り道でない道を歩いたわけです。ある家の庭に、見上げるような銀杏の樹がありましてね、むろん枯れ木です。銀杏の枝って天を向いているんですね、何気なく目をやったら、ミカンが枝についているんです」「いくつも?」「いや、一個です。高い高いところに。夕陽が沈むところでしてね、ミカンに反射して、オレンジ色に光って、いやあ、美しかったなあ」「つまり、そのミカンは銀杏の枝に突き刺さっていたんじゃない?」「そうかもしれません。でも、生っているように見えるんですよ」「カラスのしわざだな、多分」「私が回り道をしたのはですね、新しい靴が嬉《うれ》しかったからなんです。新しい靴のおかげで、思いがけない目の保養をしたわけです」

Aさんの話は、わかりにくい。最初に謎めいたことを、何の脈絡もなく出すからである。

「けさ、私が出勤しようとすると、妻が靴を買ってきた、と差し出したんです。足に合うかどうか確かめるために、その場で履いてみた。履いたまま玄関に出ようとしたら、妻が血相を変えましてね、縁起悪いって、怒るんです。履いてみなくちゃ履き心地がわからないじゃありませんか。何を妙なことを言うんだって、口論です、朝っぱらから」「なるほど。私もお袋に同じことを言われたな」「えっ。そうなんですか？　縁起悪い、とですか」「お葬式の時、お棺をかつぐ人は、ぞうりを履いたまま座敷から戸外に出る。昔はワラジだったのかな。棺を抱えているから足元が見えない。つっかける間もない。それでだろうな」

「そういうことですか。でも妻は妙なことを知ってるなあ」「仏箸といってね、ご飯に箸を突き立てると怒られた」「説明しない妻も悪い」「言い伝えなんてそうさ。そうか。奥さんとそんなことがあったので、早く帰宅したかったし、遠回りもしたわけか。つまり急いで帰りたい気もするし、ゆっくりの方が、との葛藤《かっとう》ですね」「おかげで銀杏のミカンを見られました」

◉働いて酒のむ

「銀杏の木にミカンが生っている」のを発見したAさんが、会話の切れ目に、ふと真剣な顔をしてつぶやいた。

「やってきたのは、ガスコン兵」と言ったのである。「どこかで聞いたようなセリフだな」聞きとがめると、Aさんが照れ笑いをした。「妻と成田空港でコーヒーを飲んでいたんです。突然、出がけにコブ茶を飲んだのを思いだしたんです」「ほう？　コーヒーでコブ茶？」

Aさんの話の出だしは常に唐突で、まごつく。

「私が茶を入れたんです。ポットの湯がやっと二人分しかない。妻に水を補充しておくよう頼んだら、それよりコンセントを抜いてくださいと言われた。十日ほど旅行で留守しますから。空港に来て気がついたんです。抜くのを忘れたと」「そりゃ大変だ。空焚《からだ》きしちゃう」「あわてて実家に電話して、処置してもらいました。以来、家を空ける時は、これを唱えて確認するんです。やってきたのは……」「なるほど、ガスコン兵のガス……」「ええ。ガスの元栓。次がコンセント」「兵は?」「へ、いの二つで、いは、キーです。鍵」「ほう。へは?」

Aさんが首をすくめた。「へそくりの、へです」「おや?」「大した金じゃありませんが、泥棒に見つかると癪《しゃく》ですから、ちょいと気がつかない場所に隠します」「なるほど。やってきたのは、という言葉にも意味があるのですか?」「別にありません。これは自分を注意する言葉です。確かにすませてきたかい? という意味です」

Aさんがこれは同僚の唱えごとですが、と「働いて咲く」を教えてくれた。朝の出勤時に、忘れ物がないかどうか、唱えつつ点検する。ハタライテサク。ハンカチ。煙草。ライター。名刺。定期券(また手帳、ティッシュ)。財布。薬。

「面白い。人によって独特の唱えごとがあるんだろうな。たとえば現代だと忘れてならない物の一つに、携帯電話があるよね。薬のかわりに携帯で……」「サケ。働いて、酒。いいですねえ。どうですか、いっそ、働いて酒のむ、にしたら。ノは、ええと」

「ノの付く持ち物って何かな?」

「ノートですかね。ノートパソコン」

「現代人らしくていいね。では、ムは?」

「ム。ム、ム、ム……」

「むずかしいね」

「しかし、何ですね」Aさんが情けなさそうな表情をした。「これ、妻の前では唱えづらいですよ。働いて酒のむ。冗談じゃない、とどやされそうです」

「やってきたのはガスコン兵、が無難かねえ」「唱えごとは、生活臭の無いのが、いいですね」と結論がでた。

◉あとみよそわか

外出時に、「やってきたのは、ガスコン兵」と唱えて、ガスの元栓、コンセント、へそくり、鍵を再確認するというAさんだが、肝心の文句の出所は不明という。

「昔、横山隆一《よこやまりゅういち》さんのマンガで『デンスケ』というのがありましたよね？」

「なつかしいねえ。髪が三本で白魚の目の青年だ」

「あのマンガに、言葉を覚えたばかりの幼女が出てきて、『アカチバラチー』とやたら叫ぶんです」

「どういう意味？」

「横山さんの回想記によると、小さい娘さんだったか、その友だちだったかの口癖を写した、とありましたね。赤いバラが散った、という意味だそうです」「なるほど」

「学生時代に、この幼女のように突然、わけのわからぬ言葉を口にする友人がいまして
ね」「うんうん」

「そいつが気にいって口にしていたのが、この『やってきたのは』なんです」

「どこかで聞いたことのある文句なんだけどねえ。太宰治の小説だったかなあ」

Bさんという編集者にこの話をしたら、「ガスコン？　ガスコーニュですね。そいつは、

『シラノ・ド・ベルジュラック』じゃないかな」

さすがに職業柄というもので、即座に見当をつけた。調べてみる、と言って下さったが、当方の暇つぶしに時間を割いていただくのは申しわけない。自分で本に当たるから、と辞退した。名訳と定評の、辰《たつ》野《の》隆《ゆたか》・鈴《すず》木《き》信《しん》太《た》郎《ろう》の岩波文庫本を買ってきて、早速目を通してみたが、「これはこれガスコンの青年隊」という文句は何度か出てくるが、Aさんの唱えごとは見当らない。もっとも、古本屋流の流し読みだから、見落したかもわからない。古

本屋流の読み方というのは、普通の拾い読みとは逆で、活字の詰まっているページだけを読んでいく。改行の少ない部分に（小説でいえば地の文）、その本の真髄がある、という見方である。

それはともかく、Aさんの唱えごとで思いだしたのは、幸田文《こうだあや》さんの「あとみよそわか」である。

「こんなこと」というエッセイ集の、のっけにある。父から掃除の仕方を習う。父は漱《そう》石《せき》・鷗外《おうがい》と並び称された文豪の露伴《ろはん》だが、「歩く百科事典」とうたわれたくらい、知らないことの無い人だった。男性で雑巾やハタキの心得を知るのだから、すごい。雑巾を絞る時は、バケツの水の中で絞って上げると、水がはねない、なんてご存じでした？

口やかましく教えられ、礼を述べて立ち上がると、父上が言う。「あとみよそわか」。この呪文をとなえて、もう一度見よ。「あとみよ」は振り返って見ろだろう。次の「そ」は掃除か。しかし、「わか」がわからない。作者も説明していない。

◉ かーさんはやすめ

つい先だってまで編集者だったCさんが、ニヤニヤ笑いを浮かべながら、秘密めかしく耳打ちした。

「やりましたね、例の手を」

「何のことです?」

「前回の『あとみよそわか』の意味ですよ。そわかのそは、掃除の頭字だろうって。本当は知っていたんでしょ?」

「いえ、知りません」

「そわかのわかがわからない、なんて洒落ているから、ハハン、と思いましたよ。その前に、むがむずかしい、と伏線を張ったでしょ？　あとみよそわかの意味は、『日本国語大辞典』に出ています」「そうでしたか」「そわか、は『広辞苑』にも載っています」「読者にも教えられました。皆さん、勉強なさっていますね。幸田文さんが説明しないはずです。実は、あとみよそわかの唱えごとには、こんな意味があるのでは？　と書くつもりだったのです。エープリルフールに合わせて」

あ（朝夕に）と（とくと）み（見て）よ（よく確かめて）そ（そして）わ（忘れず）か（欠かさずに）。

「なるほど」Cさんが面白がった。そして次のような文句を、たちまち作りあげた。あ（あした天気になあれ）と（唱えて）み（みたら）よ（よく晴れた）そ（空は青空）わ（私の心も）か（かく晴れ晴れ）。「よく晴れたのに空は青空、は変ですね」と笑う。

Cさんが二十五年ほど前に、ファミリーレストランを取材した思い出を語った。当時の若者の人気メニューは、「かーさんはやすめ」だったという。店長が教えてくれたその文句は、いずれも食べ物の頭字で、かー（カレー）さん（サンドイッチ）は（ハンバーグ）や（焼き肉）す（スパゲティ）め（麺類）。「つまり、これらは当店にお任せあれ、お母さんがた、食事作りを休みなさいよ、という意味なんです」

Cさんの話で思い出した。いつぞや、町会の回覧板と共に、地元の小学校の「学校だより」が回ってきた。教頭さんが子どもにお勧めの献立は、「ママ、ステキ」だ、と書いていた。この頭字の献立とは、豆ご飯、丸干しイワシ、スキヤキ、テンプラ、切り干し大根、である。逆に、子どもは喜ぶけれど、栄養のバランス面で勧められぬものが、「ハハ、キトク」だという。すなわち、ハンバーグ、ハムエッグ、ギョウザ、トースト、クリームスープ。

「食べ物だと、いろんな文句が作れそうですね」とCさんが言った。

「昔のファミリーレストランでの、一番人気が、ハンバーグでした。現在はどうでしょうかね」「勧められぬと言うからには、やはり人気があるのかも」

そのあと二人で、頭文字の文句をいろいろ考えたが、これは略す。

◉ しよこちゃん

雅子《まさこ》妃のご不調もさりながら、私たちは愛子《あいこ》様のご成長ぶりを心配していた。何しろ、一年近くも、お目にかからぬ。一番かわいい盛りのお姿を、見ることがかなわないのである。宮内庁は、せめて写真で近況を知らせるべきだったろう。

このたびビデオと写真が公開された。これは恐らく皇太子ご夫妻の、ご配慮であろう。ビデオで嬉しかったのは、皇太子様が撮影なさった、愛子様の絵本を読んでいるシーンである。私は本屋だから、本をいとおしんでいる情景を見ると、たまらなく嬉しくなる。皇太子様の、全く自然な受け答えが入っているのも、よい。

愛子様は、『かくれんぼ』という絵本を、カメラに（つまり、パパに）見せながら、「うずらちゃん、どこにいるのかなあ」と説明する。「もういいかい、まあだだよ」と歌うように言う。

おや？　と耳をそばだてた。聞き違いであったか？

もしや、それだと、以下の話は私の独り合点で、実にナンセンスなことになるのだが、一回こっきりしか、愛子様のビデオを見なかったので、確かめようがない。間違っていたら、ごめんなさい。

絵本の「ひよこ」である。愛子様は、「しよこちゃん」と発音したような気がするのだ。ヒをシと発音するのは、あるいは宮中独特なのかもしれないけれど、東京下町でも言う。潮干狩りをヒオシガリ、と言う。私は十数年、下町に住んでいたので、時々、その癖が出る。ヒヨコは、シヨコと発音する。

愛子様の発音を聞いて、私はこれは、「パパ」の真似ではないか、と推測した。パパも日頃、ヒをシと発音するのではあるまいか。そしてパパはお母上から、それを受け継いだのでは？

私は半藤一利《はんどうかずとし》さんの著『手紙のなかの日本人』（文春新書）に収められている、皇太后陛下のご書簡を思いだしたのである。このご書簡は、「橋本明《はしもとあきら》氏によって掘り起こされた」とある。終戦直後の八月三十日付で、那須におられた十二歳の皇太子（現天皇）に宛てられたものである。

「ごきげんよう　日々　きびしい暑さですが　おさはりもなく　お元気におすごしのことおめでたく　およろこびします　長い間　おたずねしませんでした」と書きだされ、終戦に触れ、また皇太子を案じている。

次に、「こちらは毎日　B29や艦上爆撃機　戦闘機などが縦横むじんに大きな音をたてて　朝から晩まで飛びまはつてゐます」とある。手紙を書いていると、何機も通る。「しっきりなしです」とある。これを見ると、皇太后はヒをシと発音なさっていたご様子なのだが……。

❖まごころの励まし

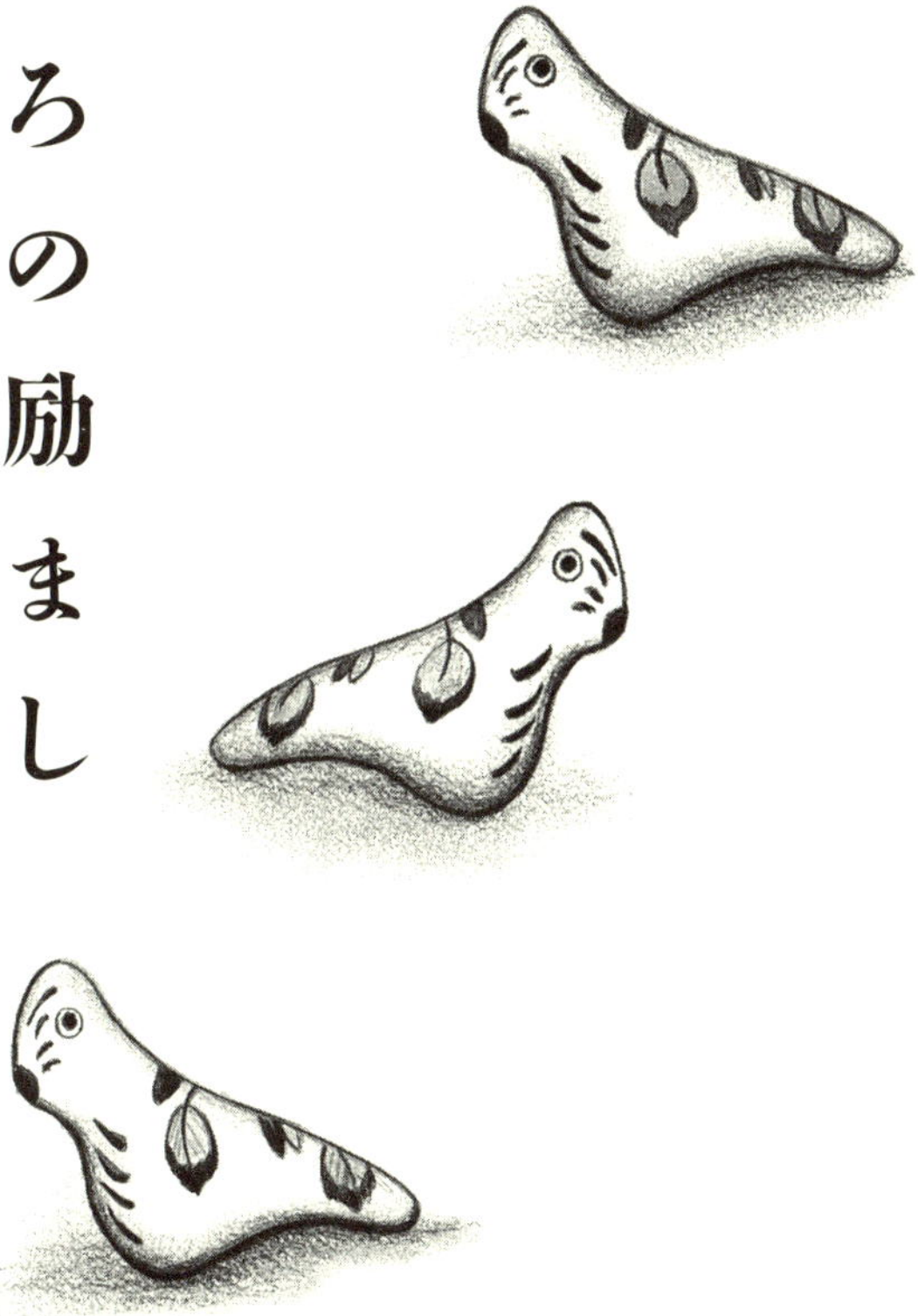

◉ 赤飯に南天

近頃、新聞のチラシで、目立って増えたものがある。

おせち料理のチラシである。

年の瀬になると例年入るが、今年はきわめて多い。自宅で正月を迎える人が、いつもよりいる、ということだろう。テロで海外旅行を断念したのだろうか。不況の正月だが、せめて、おせちのゼイタクをしたい、という表れだろうか、チラシの料理は、すこぶる豪勢である。

四段重で十万円、というのがある。伊勢エビ、松茸、サーモンなど、色とりどり、五十種詰めの、実に見事な写真が出ている。これで何人前であろう。何だか、ながめて楽しむような詰め合わせである。

十万円が高いか安いかは、買う者のふところ次第だろう。おせち料理というのは、感動するのは元旦だけで、二度三度と重箱のフタを開くたび、うんざりしてくるものである。おいしい物から平らげられていって、二日目、三日目ともなると、鮮やかな色や形の物は無くなり、見た目が黒ずんで地味になる。一つの容器にまとめられる頃になると、ラーメンが食いたくなる。白いご飯と納豆が、なつかしくなる。

わが家は、年寄りがいなくなってからは、おせちらしき物は作らなくなった。煮ころばしや酢の物、野菜の煮つけ、黒豆、昆布巻きなど、おせちのメニューは、日常、しょっちゅうこしらえて食べている。改まって調えても、新鮮味がない。従って正月だからといって、特別の支度はしない。

「重箱の出番が無くなりました」とカミさんが笑う。

重箱といえば、この間、近所のかたから、お赤飯をちょうだいした。お孫さんの七五三の内祝いである。黒塗りの重箱に、炊きたての赤飯が程よく詰まっていた。フタを開けたとたんに、あずきの香りが、強くにおった。市販の赤飯には、このにおいがない。

赤飯の隅に、南天の葉が載せられていた。自家製の赤飯にも感動したが、この添え物にも感動した。南天は、難を転ずるに通じ、昔は配り物の赤飯に、必ず添えたものである。この風習が生きていることに、感激したのである。届けて下さった家には、お年寄りがいらっしゃる。たぶん、お年寄りの指示であろう。

「重箱をお返しするのですが、何を入れたらよいかしら」。カミさんが悩んでいる。「空のまま返すわけにはいかないわ」

「相手が恐縮するような品はいけないよ」

たまたま地方の知人から新米を送られていた。それを重箱に詰めて、返すことにした。

「お返しの添え物は何ですか？　南天にかわる物」

聞かれたが、私にもわからぬ。あるのだろうか。

◉ 訪れる人々

この原稿を、私はダイニングキッチンのテーブルで書いている。出窓に腰をかけている。高さが、ちょうどよい。

花鉢を置いているのだが、隅の方を椅子がわりにしている。午前中は日当りが良い。振り向くと、わが家の木戸が見える。見下ろす位置に、出窓がある。半地下があるせいで、一階は普通の住宅より少し高く建てられているのだ。

私はふだんは二階の三畳間（設計図では四畳半とあるのだが、畳は寸づまりで、どう見ても三畳の大きさである）を書斎にしているのだが、机のまわりに本を積みあげているうちに、本の壁に囲まれる形になった。

カミさんが用事で出かけ、私一人で居る時に限って、インターフォンが、やたらに鳴るのである。宅配便と聞いて、机の前から立ち上がり、振り返ったら、出口がない。いつのまにか本の穴ぐらの中にいた。

本の山を崩したり、またいだりが面倒なので、ダイニングキッチンに移動した、というわけである。ここならすぐに飛びだせるし、来客が何者であるか、窓越しに確かめられる。朝から晩まで、出窓から観察していてわかったのだが、実にいろいろな人が、入れかわり立ちかわり現れるのである。客では、ない。セールスマンである。それに、ポストにチラシを投げ込んでいく人である。

十代の、すてきなお嬢さんが、アフガニスタン難民のために、とハンカチを売りにきた。信仰を説く女性も来る。健康によろしい何とか、を宣伝する者も訪れる。

私はインターフォンに出るたび、声を変える。低い声で答える時もあるし、子供のような声で、あどけなく受け答えをする時もある。楽しんでいるのである。

ある日、中年の男性が、同日に、何と、四回もやってきた。セールスマンである。四回とも同じ口上なのは当り前だが、彼は同一人に見られているとは思わなかったのかも知れない。私が声を使い分けていたからである。

しかし、どういうつもりだったのだろう。この話を知人にしたら、「留守かどうか確かめていたのじゃないですか?」と不気味なことを言われた。知人の親類が空巣に入られたが、どうも下調べをされたらしい形跡があるという。

画板のような物を首から下げた男が、一軒一軒、家を観察していたというのだ。不審に思った家人が、声をかけると、リフォームを勧めに回っている、と答えたそうだ。

家を見上げたり、壁を調べたりしても、不思議ではない。何も持たずに、そのような挙動をしたなら怪しまれるが、画板を携帯していたというのである。

◉ 春のたより

昼近くになると、急に風が出てきた。春特有の、強い突風である。ひとしきり吹くと、穏やかになる。しばらくたつと、またうなりだす。一段と強烈である。

紙片のようなものが、飛んでくる。目をこらして見ると、桜の花びらである。近くに、学校がある。校庭の桜が散っているらしい。咲いた、といううわさを聞いたのは、つい数日前だった。二分咲きだか、三分咲きだか、例年になく開花が早い、という話をしたばかりなのに、満開で見頃だ、と知らされた。それなのに、もう散りだしている。この風では、ずいぶん散ってしまうだろう。春の動きは、あわただしい。

十日ほど前、未知の読者から、春のたよりをいただいた。

通勤途中で見つけました、とあって、やや萎《しお》れた一本のツクシンボが封入されていた。水を張ったコップに挿したら、生き返った。

この節、ちょうだいするハガキの数が、めっきり多くなった。大半が、転居と転勤、そしてリタイヤの通知である。これも、春のたよりには違いない。

北海道のAさんが、東京に単身赴任する、とある。初めての東京生活に不安は無いが、ゴキブリだけは苦手です、とある。

やはり大嫌いなカミさんが(好きだという人は少ないだろうけど)、いたく同情した。ゴキブリ退治の薬を、どっさり送ってあげましょう、と言った。

そりゃいい考えだ、と賛成した。北国育ちのAさんは、恐らくゴキブリの生態に疎いだろう。退治法も知るまい。だからたぶん喜ぶだろうが、まてよ、と考え直した。

「今送るのは、まずいよ。妙なお祝いを送ってきたと思われる」

「当り前ですよ。暑くなって、姿を見せだしたらですよ」

「それがいい」。ずっと先のように思えるが、もしかすると今年は、この分では夏の訪れが早いかも知れない。

犬が笑っているイラストつきの、引っ越し通知が届いた。私の名前宛てだが、差し出し人に覚えが無い。

「家の近くの○○川の土手が散歩コースです。河川敷には菜の花が咲いています。遊歩道は舗装されてなく、昔の細い道なんですよ。土にも匂いがあるなんて、初めて知りました。とても良い香りです……」

ハナ、という名前で、女性だろうか。

カミさんに見せたら、犬の友だちだ、と笑った。散歩でいつも会っていた犬の名だそうである。わが家の犬が鷹に襲われた時、心配してくれた。

「春になったせいで、土が匂うんでしょうね」

カミさんがハナさんのハガキに鼻を寄せ、犬のようにかいだ。

◉ 茶堂のドクダミ茶

わが家の近所の放火は、まだ続いている。

昨夜は、三件あった。数日前は、実に六件もあった。八月から数えると、三十件近い。同一人のしわざと思われる。恐ろしいのは放火だけでなく、泥棒も暗躍している。新聞の報道で知ったのだが、ある家から、散弾銃二丁と散弾十発が盗まれたという。放火と銃の盗難である。いよいよ穏やかでない。

町会の役員のかたから、手紙をちょうだいした。拙文を読んで、感謝しているとの手紙である。

町会のかたがたが、夜回りを続けている。回覧板で、放火を知らせ、家の周囲に燃える物を出しっぱなしにしないよう、注意を呼びかけているのだが、相変わらず不用心の家が多い。回覧の文章を読まないらしい。役員としては、空しい気持ちである。そこに回覧板に触れた私のエッセイが出た。目を通す人がいる、と知って、意を強くした。そういう手紙であった。

町会の活動に無関心な住人が増えたことは、確かだろう。たとえば祭りにしても、若い住人の参加が、年々、少なくなっている。みこしの掛け声に、勢いが無い。年輩者ばかりなのだ。

自分の町に愛着が無くて、町を守れるはずがない。

岡山市に在住の秋田計治さんという読者から、花の写真が送られてきた。秋田さんは、季節の変わり目ごとに、花だよりを下さる。庭や路傍の季節の花を写真にとって、送って下さるのである。花に縁の薄い都会の私は、写真をながめて、季節の移りかわりを知るのである。このたびの写真は、抜けるような青空をバックのコスモスと、炎の如き鮮やかな色あいの、彼岸花の群生だった。植物の世界では、すでに秋もたけなわのようだ。

彼岸花で思いだした。十年ほど前になる。八月のなかばに、高知県のはずれの檮原町《ゆすはら》を訪ねた。「脱藩の道」が通っている。坂本龍馬《さかもとりょうま》がこの道を歩いて、愛媛県に抜けた。道の傍らに、無人の「茶堂」がある。かやぶき屋根の、小さな堂のような建物で、藩政時代のものが現在も残っている。旅人のための、無料お休みどころである。

茶堂は町内に数カ所あるそうで、そのうちの何カ所かを見て回った。驚いたことに、どこの茶堂にも大きなヤカンが置かれてあって、ドクダミ茶が満たされている。毎朝、町の人が交代で置くという。昔は、よそから来た旅人を接待しつつ、他国の情報を仕入れたのだろう。一方で、怪しい者の警戒も怠らなかったに違いない。茶をふるまいながら、不審者をチェックするシステムが、心憎い。茶堂の前に彼岸花が咲いていた。江戸期の花のように思いながら、ながめた。

◉ 古武術にうなった

「剣友」に誘われて、日本武道館に出かけ、「第二十六回日本古武道演武大会」を堪能してきた。

剣術、柔術、砲術、棒術、槍術など、三十五の流派が、独特の術を披露する。剣道、柔道でなく、剣術、柔術。つまり古い武術である。たとえば、今回出場した剣術の「鹿島新《かしましん》当流《とうりゅう》」の宗家は、実に六十五代目である。何しろ諸流の元締め的存在。日本の武術は、鹿島、香取の両神宮から起こっている。鹿島新当流と香取神道流《かとりしんとうりゅう》が、それである。

今年の大会には、「武蔵ブーム」の縁か、「兵法二天一流《へいほうにてんいちりゅう》」が出場している。宮本武蔵《みやもとむさし》が創始した二刀流である。くさり鎌術の「二刀神影流《にとうしんかげりゅう》」も出ている。こちらは武蔵のいわば、孫弟子が編みだしたもの、見ていて怖いほどの迫力がある。

華やかで、凄みのある武術もある。なぎなた術の「楊心流《ようしんりゅう》」。筑後柳河藩《ちくごやながわはん》に伝わるもので、城の姫君につかえた腰元たちの護衛武術だから、出場者は全員、美しい振袖姿にタスキ掛け、白足袋に白鉢巻きである。タスキと鉢巻きは、縁取りをしていない細布を使用している。もしもの時に、包帯として用いるためである。「楊心流」の極意は、柳の如くたおやかにして、肉を切らせて骨を砕く、のよし。凄みがあるわけである。演武の女性が、すばらしい美人に見えるのは、振袖のせいではない。目の輝きである。あるいは、緊張感である。張りのある姿勢も、加えよう。

いつごろからか、私たちの周囲から、こういう気持ちのよい人たち（女性だけではない）の姿を、見ることが稀れになった。自分も含めて、どうも、ぐうたら人間になった。『千と千尋《ちひろ》の神隠し』の、食べ物に目の色を変えたあげく豚になってしまうお父さんお母さんである。あの映画に共感した観客は、主人公の女の子に、昔なつかしい骨っぽさのような香りをかいだからだろう。

ええと、何の話だっけ？

そうそう、「剣友」のことを語るつもりで、この稿を書き始めたのだった。

古武術も珍しいものになった現在、「剣友」という語も、耳遠くなった。剣道場で、共に修業に励んだ友である。

私が中学を卒業して上京したのは一九五九（昭和三十四）年であるが、その三年後、司《し》馬《ば》遼太郎《りょうたろう》の『竜馬がゆく』の新聞連載が始まった。私は司馬氏描くところの竜馬に夢中になった。竜馬たらんとして、剣道場に通い始めた。

この辺が偶然すぎて私自身驚くのだが、通った道場が竜馬の学んだ北辰一刀流《ほくしんいっとうりゅう》で、私の師が、竜馬の師である千葉《ちば》周作《しゅうさく》より数えて六代目に当る人なのである。

私の青春は古本と剣術（剣道ではない）に明け暮れる。

◉ 放火魔が捕まった

駅前で信号待ちをしていたら、後から歩いてきた、中年婦人三人連れの会話が耳に入った。

「捕まって、よかったよね」「ホーント。枕をして寝られるよね」「あら？ あんた、枕をしないで寝ていたの？」「そりゃそうよ。安眠できっこないじゃないの」「枕を使わないなんて、すごい覚悟ね」「枕ってのは、たとえよ」「あんた、そのたとえを言うなら、枕を高くして寝られる、じゃないの？」「そうそう。枕を高くして、よ」

ははあ、あの話だな、と見当がついた。さきほど商店街を歩いてきた時も、店の前で主人と客が立ち話をしていた。中年婦人の話題と、全く同じだった。

昨日、東京・杉並の連続放火魔が、ようやく逮捕されたのである。昨年の八月からずっと、続いていた。多い日には、六件も発生した。わが家の近所も、やられた。さいわい大事には至らなかったけど、住人はおちおち寝ていられない。

捕まった放火魔は、十八歳の「勤労少年」だった。警察の調べに、「エアコンの無い部屋で暑さに耐えきれず、いらいらしたあまり付け火した」と供述した。そう、新聞に出ていた。

少年は長野県の高校を中退し、上京して、杉並区内で働いていた。自分の住まいと勤務地の周辺を、つけて回っていたのである。

勤労少年、というのが、切ない。私も十八歳当時は、そうだったからである。そして、その頃の私もまた、扇風機ひとつ無い部屋で、夏を過ごしていた。クーラーなど、一般の家庭には無い時代である。四十年前の東京も、けっこう暑かった。

私だって、いらいらしていた。しかし、放火しようとは、考えもしなかった。

毎朝、歩いて十五分ほどの距離にある、「東武水明舘」という剣道場に通っていたのである。

どんなに早く行っても、道場には鍵がかかっていず、門下生なら誰でも入れた。だだっ広い道場に踏み込むと、板張りのそこは、ひんやりとして心地よかった。それでも暑いようなら、道場脇の狭いハシゴ段を、じぐざぐに上る。屋上に、畳三枚分ほどの櫓《やぐら》がある。太鼓が置いてあって、普段は鳴らさないが、たとえば寒稽古の朝などは、未明に打つ。凍てつく早朝の太鼓の音は、実にすがすがしいものだが、近所の人たちには迷惑だったろうと思う（私も打ち方を志願し、得意になって鳴らしていたのである）。

この櫓は風通しがよいから、どんな暑い日でも、別天地のおもむきがあった。

やがて、「剣友」たちが、ぽつぽつと道場にやってくるのが、見下ろせた。私とおっつかっつの早さで出てくるのがKさんで、この人は尺八を吹きに来る。

◉ Kさんに感化された

剣道場に朝早く来て、剣術でなく尺八を練習していたKさんは、苗字をシベハラといった。えらくむずかしい漢字の姓だった。

草カンムリに心を書き、その下に、また心を二つ並べ、更に木と書く。これがシベで、そして原と記す。

道場の名札を、誰も読めなかった。

シベハラさんは皆が道場に集まってくるまでの時間を、尺八の吹奏に当てていた。道場の隅に正座して、おもむろに吹く。稽古《けいこ》が始まる頃には、いつの間にか、いなくなっている。尺八を迷惑がられて、何度か転居を余儀なくされ、あげく、恰好の場を剣道場に見出した、といううわさだった。なるほど道場は、騒音が外にもれないように出来ている。尺八を好むような人だから、口数が少なく穏やかな人柄だった。老けているんだか若いんだか、年の見当がつかない。こちらの言うことに、そうすか、と短くうなずくだけで、いつもニコニコと微笑んでいる。

まず自分の話をしたことがなかったから、何の仕事をしているのか、どういう素性の人か、わからなかった。

ある日、珍しく朝稽古の終りまで残っていて、誰かが持参した芋ケンピという菓子を、分けあって食べた。

「おいしいねえ、これ」とシベハラさんが盛んに感動し、「これ、何というの?」と私に聞いた。別に珍しい菓子ではない。しかし芋ケンピを知らぬシベハラさんは、東京生まれの、「いいとこ」のお坊ちゃんなのかも知れない、と私は思った。おっとりとして、線も細い。

ところが、シベハラさんは、実はめっぽう剣が強い人なのだ、と先輩から聞いた。見た目は気弱そうだが、竹刀を持つと、人が変ってしまう。恐ろしいくらい、すさまじい攻撃をする。本人が、そういう自分をいやがって、竹刀を取らなくなった。尺八は自己改造のための具なのだ。そういう話だった。本当か嘘か、わからない。

しかし、そうと聞いてから、シベハラさんが、何だか一段と大きな人のように見えた。シベハラさんの剣の技を一度見たいと願ったが、ついにかなわなかった。いつの間にか、道場に現れなくなっていた。

あの頃、たくさんの人が、入れかわり立ちかわり、道場にやってきていた。それぞれが、それぞれの思いを抱いて、竹刀を振っていた。私はといえば、身体をきたえるとか、精神の修養などという考えはなく、ただ面白がって通っていたにすぎない。それでも今になってみると、何かが私の中に影響している。たとえば、シベハラさんの、絶えない微笑であり、その「伝説」である。人は何がなし人を感化している、ということだ。

◉ 町が消えていく

ビデオ屋に変わりぬ昔この店はマルクス思想の専門書店

野村喜義《のむらきよし》

わが町の商店の変わりようは、目をみはるばかりである。魚屋さん、呉服屋さん、米屋さん、洋品屋さん、家具屋さん、パン屋さん、八百屋さん、おでん種屋さん、時計屋さん。みんな、店じまいしてしまった。総じて、昔から営々と続けてきた業種が、ここにきて、店を畳んでいる。

素通りの客、というのは寂しいもので、店が変わると、元は何屋さんであったか、にわかに思いだせないのである。冒頭の歌の作者は、書店に出入りしていた人である。この書店は、学生街の古書店であろう。古書店も消えていく時代は、どう考えても良い世の中ではない。

町が消えつつある。私の考える町は、先のようなお店屋が並ぶ、人間くさい盛り場のことである。私たちは気がついたら、「タウンレス」になって、墓石に似たビルの谷間をさまよっている。全く表情を失った人間になって。

歌の作者の野村さんは、今年（二〇〇三年）の歌会始の入選者である。私の故郷の人である。

野村さんにお便りをちょうだいした。わが故郷は、「平成の大合併」とやらで、大変らしい。近頃、あちこちの市町村合併を聞くけれど、生まれ在所もその一つとは知らなかった。合併すると、何か良いことがあるのだろうか。政府が音頭をとって進めているようだが、何のためなのだろう。町の衰退と、関係があるのだろうか。

合併すると、当然、町なり市なりの名称が、新しいものに変る。その土地の歴史や風物と無縁の名称が、多いようである。住民投票で決まるのだから、よそものは口を挟めないけれど、しかし市町村名というのは、いわば全国民の共有財産であって、あんまり、そっけない、記号のような名称にはしてほしくないと思う。

昭和三十年代の初め、東京の各区で、町名変更が行われた。江戸以来の由緒ある地名が、行政の利便上、次々と変えられた。

私が働いていた中央区月島の隣が、佃煮発生の地の佃島である。徳川家康《とくがわいえやす》が大坂城の秀《ひで》吉《よし》訪問の途次、摂津国（現在の大阪・兵庫）佃村の漁民が船を提供して便宜をはからった。その礼に家康が江戸入国の折、彼らを招き佃島に住まわせ、海上漁業の権利をも与えた。佃島の名は故郷に因む。それを佃の文字が、当用漢字表に無いから変える、と役所が言いだした。「住江」「相生」「三角」などという代案が出た。

「佃祭が三角祭？　みこしをかつぐのが三角野郎かよ？　八木節じゃねえや」

猛反対で、佃の名は残った。

◉ 犬の糞にホッとする

駅の自動券売機は、どこも長い行列である。ちょうど帰宅の時間にぶつかった。一番短い列のうしろに並んだが、一向に進まない。

老婦人が、券売機の操作にまごついている。婦人の背後に、若い男が立っている。教えてあげればよいのに、黙って見ているだけ。

婦人が、すみません、すみません、と若い男にあやまっている。見かねて、列を抜け、「どこまで買うんですか?」と声をかけた。

並んだ人たちが、いっせいに私を見る。咎めるような目つきだ。見知らぬ人に声をかけるのが、はばかられる時代なのである。特に子どもとお年寄りには、気さくに話しかけづらい。

老婦人は久しぶりの外出なので、新しい券売機にとまどっていたのだった。指で画面に触れるだけで券が出てくるなんて、だれかに教えてもらわない限り、わからない。操作の仕方も、説明がない。

不親切な世の中になったものだ。駅の料金表だって、あんな高い所に、細かい文字では、お年寄りに読み取れるわけがない。自動改札口で、いきなり通せんぼうをされて、おろおろしている人を、何人も見た。

イオカードとオレンジカードという、用途が全く異なるカードが、一つの自動券売機で売られているのも、客にしてみれば、まぎらわしく迷惑な機械である。しばしば間違えて買い、当惑している客を見る。ボタンを押しても一向に係員が応答しない。どこに行けば処置してもらえるのか、と聞かれたことがある。

そういえば義母が、私は電車や地下鉄は大きらい、と憎んでいたのを思いだす。地下鉄の乗り換えをする際、ついうっかり、自動改札機に切符を入れる。乗り換え専用の改札口があるはずだが、習慣で入れてしまう。すると切符は回収されてしまい、当然出てくると思っていたから、あっけにとられる。そんな体験を、義母は何度もした。どこかに表示があるだろうが、目に付きにくいとこぼす。

義母はもっぱら、バスを利用した。バスは階段を上り下りしなくてすむし、第一、切符を買わなくてよい。老人パスを示すだけ。何より、疑問があれば、生身の人間の運転手がいる。問えば、親切に答えてくれる。

三年前、東京新橋から、ゆりかもめに乗って某駅に降りた。降りたのは私一人。駅は立派だが、人の姿が全く無い。エスカレーターがあり、利用者がボタンを押すと動きだす。白昼だったが、実に恐かった。駅の外に出ると、目の前が鉄条に囲まれた原っぱで、通りには人影はおろか、車も走っていない。ここは本当に都心だろうか、と夢を見ているようだった。足元に犬の糞があって、何だかホッとしたのを覚えている。

◉まごころの励まし

忘年会も新年会も、とりやめた。友人知人からも、そのように申し入れてきた。とても浮かれる気にならない。台風や地震は予測がつかない。明日はわが身である。飲んだつもりで寄付することに決めた。

山古志村の牛が、泥にはまってもがいている映像を見た。一時帰宅した村のかたが、必死に引き上げようとしている。無事に救出されたのだろうか。音声は無かったが、牛の悲しい叫びが聞こえてくるような画面だった。

明治の歌人、伊藤左千夫《いとうさちお》に、水害に遭って助けを呼ぶ人と牛の声を詠んだ歌がある。手元に本がないので、うろ覚えで書くのだが、彼が実際に体験した東京下町の夜の光景である。

左千夫は乳牛を飼い、牛乳屋を開いていた。確か大正に入って、東京市内で牛を飼うことができなくなり、市外の亀戸天神近くに引っ越して飼育した。牛飼いの歌人、と呼ばれた。「牛飼いが歌よむ時に世の中の新しき歌大いにおこる」と詠んだ。終生、牛飼いをなりわいとしたが、ふしぎなめぐりあわせで、生涯に三度も水害を体験している。三度目は牛を流され、大打撃を受けた。

左千夫は五十歳で亡くなったが（写真では老けて見える）、晩年、ちょうど今ごろの季節、秋草が枯れだした中に、ひときわ生き生きとたくましく、つわぶきの花があるのを見て、感じ入って歌を詠んだ。黄色い花と、濃い緑色の葉に、生命の強さを感じ、打たれたのである。くじけてはならぬ、とおのれに言い聞かせたのだろう。ひともとのつわぶきが、左千夫を慰め、励ました。言葉以上の強烈な応援であった。

被災地を総理が訪れ、また政治家が見舞いに出かけている。それはいい。当然のことだ。

しかし、テレビで見る限り、彼らの姿から感じるものがない。これは何だろうと思う。天皇皇后が、お見舞いなさった。スリッパもはかずに避難所に上がられ、膝をついて、ていねいに話しかけられた。天皇のズボンには、白いゴミが付着した。しかし、天皇は意に介さぬ。間近で咳をする者もいる。両陛下は、気になさらぬ。実況中継を見ていて、涙が出てきた。政治家には感じなかったものの正体が、わかった。

まごころ、である。まごころは正直なもので、表情や態度に如実に表われる。

まごころは優しさだから、これを示されると、つい甘えたくなる。両陛下に思わず握手を求めたくなる衝動も、わからないではない。しかし、わが子を抱いてほしい、とお願いするのは、いささか場違いではなかろうか。この映像を何度も強調するテレビ局の神経にも、首をかしげたくなるのだが、どんなものだろう。

❖歩き方を忘れる

◉ 口の災い、あれこれ

口の災いが、続いている。

オデンを食べていて、ケガをした。

オデン種のひとつ、銀杏揚《ぎんなんあ》げ、とでもいうのだろうか。串刺しの銀杏に衣をつけて揚げたものだが、揚げたあと串をはずすのを、つい忘れたらしい。カミさんがオデン種を専門に売る店で買ってきた。ウィンナソーセージほどの大きさで、私の好物である。串で口の中を突き刺してしまった。串は、つま楊子より少し長い。二、三日ヒリヒリして、つらい思いをした。

ようやく痛みが取れたころ、今度は、お吸い物で、危うく口をやけどするところだった。

カキ玉のお吸い物である。卵と片栗粉の、どろりとした吸い物を、ミソ汁のつもりで何気なくすすったら、火の玉を含んだように熱い。

二度あることは三度ある。やっぱり、口に縁があった。今度は、豆腐を噛んだとたん、歯がぐらついたのである。同時に、脳天に針を打たれたような痛さを覚えて、飛びあがった。

「豆腐を頭にぶつける、と言いますが、まさか、歯が揺らぐなんて、ありえませんよ。何か固い物を噛んだんじゃありませんか?」。カミさんが怪しむ。

奴《やっこ》を食べていたのである。私は奴に、アミの佃煮をのせて食べるのが好きである。確かにアミと一緒に口に入れたが、アミで歯がぐらつくはずがない。上の奥歯が動く。痛くて、物を噛むどころでない。歯医者さんに駆けつけたら、豆腐でやられたのではない。歯ぎしりである。

私は若い時分から歯ぎしりがひどくて、最近、ますます激しくなった。ストレスのせいばかりではないらしい。アメリカの同時多発テロの頃から、自分の歯ぎしりの音に驚いて、目がさめるほどだった。テレビのニュースを夜遅くまで見ているため、興奮するのである。

ついに、歯をぐらつかせるほど、力を込めるようになった。ぐらついただけではない。

ヒビが入っている、と歯医者さんに診断された。

ヒビに冷や奴の水分がしみて、それで脳天に針、というわけだった。

「口には、よくよく注意しないといけないな」

そう自戒したが、何も食べる時とは、限らない。

先日、日本文芸家協会主催で、富士山麓の「文学者の墓」見学ツアーがあった。私は頼まれて、現地で講演をした。

ツアーに応募した人たちは、バスで東京からやってきた。私はひと足お先に霊園に赴き、皆さんの到着を待っていた。墓の見学を喜ぶ人たちだから、ご年輩の文学愛好者ばかりである。バスが着いた時、私は、「ようこそいらっしゃい」と挨拶するところだった。墓に、ようこそ、はまずい。これも口の災いになる。

◉昨今の学校給食

連休中の世間の静かさといったらなかった。私たちだけ、地球に取り残されてしまったのではないか。心細い限りである。テレビをつけると、いつものように、にぎやかなので安心した。

それにしても、どのチャンネルを回しても、物を食べる顔ばかりうつる。いわく、「回転ずしに大革命」「超高級懐石乱舞」「江戸前の味　巨大エビ天丼と深川丼」「浅草㊙激安店探せ」「鮮魚で料理」「伝説の味と一万円伊勢エビ・ホタテカレー」「すし食べ放題とエビカニ三昧《ざんまい》」「超回転すし」「絶品ステーキとすし」……

朝から深夜まで、どこかしらで「食いしん坊」番組を放映している。どこが不況なのだろう。

見ていて、いやになるのは、物を食べている顔の卑しさである。テレビに出ている者は、人間の本性がどういう時に現われるかを知らない。だから、いい気なものである。大体、ありがたがって食べている顔ではない。遊び半分に、箸《はし》を運んでいる。

ホテルの、セルフサービスの朝食をとっていたら、隣席の新婚らしいカップルが、食事を終えて立った。卓上に残した皿の汚なさ。食べ散らかす、とは、このことだろう。二人の愛の巣がどんなものか、目に見えるようである。

毎月の初めに、回覧板で、地元の小学校の「学校だより」が届けられる。わが家には子供がいないので、最近の学校生活を知るには、格好の刷り物である。その月の学校行事と、給食献立予定表が、巻末についている。

四月の献立は、こんな風である。十日が給食開始で「なのはなおこわ、めかじきのてりやき、五色煮、たくあんのごまいため」

翌日からは、次の通り。

「肉うどん、五目いなり、くだもの」「ミルクフランスパン、とり肉のマスタードやき、フレンチポテト、ゆでブロッコリー、白菜スープ」「ブルスケッタ、ホワイトシチュー、キャロットゼリー」「ごはん、納豆、肉じゃが、なばなともやしのからしじょうゆあえ」……

私の知らないメニューもある。脱脂粉乳と、得体の知れぬ乾し肉が給食だった一九五〇年世代には、何だか宮廷の献立のように豪華に思える。献立表の下段に、こうある。「給食は（略）正しい食習慣を体得していくとともに、衛生、配分、協力、整頓、感謝などの生活習慣や社会性を育んでいくという大きな目的があり……」

感謝の念も、教えられているのだ。でも、給食の食べ残しは、けっこう多いと聞くが、その辺はどうなのだろう。メニューに、たとえば大根の皮のキンピラといった、素材を粗末にせず生かした料理があってもよい。

◉ 皇后さまのスピーチ

調査、という言葉が妥当かどうか、いや、拉致のそれである。先さまの報告を承ってきただけだから、調査とは言えないけれど、それでも、死亡とされているかたがたが、どうもそうとも言い切れない、と思えただけ、成果があったと見たい。それだけに、今後の交渉が難しい。国家が国家を説得するには、結局、何が必要なのか。どうしても国家が前面に出なくてはいけないか。人間同士が通じない世界とは、何だろう。

竹内《たけうち》てるよの本を、読んでいる。

皇后さまが、国際児童図書評議会創立五十周年記念大会で、スピーチをされた。

戦時中に小学校生活を送られた皇后さまは、そのころお読みになられた本の思い出を述べられている。特に、児童用に編集された『世界文学選』二冊によって、この世のさまざまな悲しみ、また自分以外の人が、どれほどに深くものを感じ、どれほど多く傷ついているかを知った、と話され、次のように続けられた。「そして生きていくために、人は多くの複雑さに耐えていかなければならないことを、私に感じさせました」

スピーチの終りに、竹内てるよの詩が引用される。皇后さまが育児をなされているころ読まれて、感銘したという「頬《ほお》」である。「生れて何も知らぬ吾子の頬に／母よ　絶望の涙をおとすな」という詩である。

竹内てるよの名を知る人は、多くないだろう。病苦と貧困で、何度も死の一歩手前を体験した女性である。生まれてすぐ、父方の祖父母に引き取られて育った。

来客がくれたアメを口に入れた時、祖母に吐きださせられ、返しに行かされた。帰途、祖母が菓子屋で同じアメを買ってくれた。「これはなめてもいいの？　返さなくていいの？」。てるよは無邪気に問う。祖母が、物をもらうとワイロになるのだ、と教えた。祖父は判事であった。

結婚したてるよは、文章を書く。それを好まぬ夫は、焼き捨ててしまう。見かねた義弟が、てるよを慰める。

「人間が、人の命令や、小言で、その本心からすきなものをすてられると思ってゐるんだから……」。てるよは発病と同時に、離縁される。厄介者にされ、身一つで路頭にほうりだされる。赤ん坊も取り上げられた。「頰」はそういう境遇から生まれた詩である。てるよは自伝『灯をかかぐ』で書く。私が人にむごくしたのでなくてよかった。「した人にくらべて、された人は、まだどんなに心がらくであらうかと」。

「頰」の結末は、こうである。「ただ自らのよわさと／いくぢなさのために／生れて何もしらぬ吾子の頰に／母よ　絶望の涙をおとすな」

◉竹内てるよ

読者から、竹内てるよの問い合わせを、いただいた。

皇后さまがスピーチで引用された、「頬」という詩の作者である。もっとも皇后さまは、詩の一節を紹介されただけで、作者名は明かされなかった。報道した新聞が調査したようである。新聞によると、皇后さまは高校時代、竹内てるよ宅に通って、詩の指導を受けられていた、という。学校帰りに制服姿のまま立ち寄られ、また母上とご一緒の時もあったらしい。私たちが初めて知る「秘話」である。

竹内てるよの作品は、現在、何で読めるだろう？　これだけ多くの本が出ていながら昔の名作を読めないのが、今の日本の文化状況だ。現代詩のアンソロジーを探すしか手がない。古書店や図書館にあるはずだ。
今頃の季節を詠んだ詩がある。竹内てるよの特色が出ている。
「たった一本で義理をしてゐる青桐のかげに／しめつた風の生れる　アパートの夕ぐれ／まるく大きい月が出た／今年六つの敬子ちやんがいつた／「お母ちやん　さぞやお月さんが出たよ」／／月は　かはら屋根の上／窓々を明るくする初秋の夜気の中に／わが友は内職の手を休めて／生れてはじめての美しい月をみたといふ」（月出づ）
病弱ゆえに離縁されたてるよは、わが子と心中しようとした。同じ詩人の金子みすゞは、夫が子を引き取りに来る直前に、自分のみが死んだが、てるよは一歳二カ月の子を誰にも渡すまい、と決意した。睡眠薬を飲む前に、幼な子を抱いて頰ずりする。「涙が、笑つてゐる坊やの頰におちた」（『灯をかかぐ』）坊やは不思議そうに母の顔を見た。そして、母の手に握られているふるえる赤いヒモを見つけた。揺れているヒモに、無心に笑う。「赤いひもが、うれしいと云ふのだ。音立てゝ私の心がち切れたのはそのときであった」

赤いヒモの用途は、説明するまでもあるまい。皇后さまが感動なさった「頬」は、おそらく、この時の体験を描いている。「生れて何も知らぬ吾子の頬に／母よ　絶望の涙をおとすな」

寒空に身一つで追いだされたてるよは、その夜の宿にも困り果てる。病身であったから、思うような仕事にもありつけぬ。ガリ版を切ったり、花売りをした。ドブ板の上に寝ることもあった。一日一杯のうどんで病いと闘いつつ、それこそ必死で、生きた。

「あなたの母は生きてゐた／ながい十五年のわづらひのあひだ／よろこびのすべてゞある小さい頬と共に／この世の一切を失ひつゝ／母は　まさしく生きつゞけて来た。／／さもあらばあれ　母のからだはふるさとである／母こそ　ふるさとである」（母ふるさと）

◉ 藍色の蟇《ひき》が現る

高崎市で生まれ育ったSさんと歓談した。当然、話題はお国のあれこれである。

「確か磯部でなかったか、と思いますが、詩人がおりますね。北原白秋《きたはらはくしゅう》に師事した……」

と私。

「ええ。何といったかな?」

「幻想的な詩を書いた……。ええと、ちょっと出てこないな」もどかしい。

「若くして亡くなった詩人ですよね。歿後《ぼつご》に、『藍色の蟇《ひき》』という詩集が出た……」とSさん。

「そうそう、『藍色の蟇』。どうも名前が思い出せないなあ」

「のど元まで出てきているんですがね」

Sさんは私よりずっと若い人だが、最近、固有名詞の胴忘れが多くなったとこぼす。私なんか多いどころか、しょっちゅうである。

「こういう場合、私は、あいうえお、かきくけこ、とゆっくり五十音を唱えるんです」Sさんが笑う。

「私もです」そうなのだ。あ、い、う、え、お、と一語ずつ声に出していると、思いだす。姓を思い出せば、名は容易に出てくる。

私たちは、それぞれ、五十音を口ずさんだ。口ずさむこと、しばし、「あっ」と同時に声を発した。

「思い出しました」顔を見合わせた。「大手拓次《おおてたくじ》」同時に口にして、笑い崩れた。

宮澤賢治《みやざわけんじ》や北原白秋などと比べれば、マイナーな詩人である。昭和九年（一九三四）年に、四十七歳で亡くなっている。大正期、ライオン歯磨き本舗の広告部に勤めていた。今でいうコピーライターである。近くに歯科医院があり、そこに山本ちよという、十六歳の事務員がいた。拓次はこの美少女に恋をした。作った詩を清書し、恋文がわりに少女に送ろうと決心した時には、相手は医院をやめていた。一歩、遅かった。詩人の愛を受け入れたかどうかはともかく、詩を読んだなら、少女は何がなし心を打たれただろうことは考えられる。感受性の鋭い少女であったから。山本ちよは、「夕鶴」の名優、山本安英《やまもとやすえ》である。

Sさんと孤独な詩人の話を交わした翌日、わが家の玄関に蟇が現れたので驚いた。藍色の蟇ではない。普通のガマである。アジサイの木の下に、暗くなると自然に灯る照明がある。アジサイが繁りすぎて闇を作り、昼間から点灯してしまう。そのため朝になると、いちいち消灯しなくてはならぬ。この照明器具のそばに、蟇がいた。

実は数年前から、浴室のそばや、ドグダミの草むらで見かける。たぶん同じ蟇と思うが、久しぶりの対面だった。蟇の詩を語った次の日だったので、偶然の出現に笑ってしまった。

クリームパンほどの大きさである。じっとしていると、石のようである。夕方、点灯した時には、いなくなっていた。

◉ 歩き方を忘れる

一生のうちの、十年分くらい、歩いてきた。この先、まず、こんなに歩くことはないだろう。私は居職《いじょく》だから、人よりも歩かない。朝から晩まで、机に向かっている。脚に根が生える、というが、本当である。この間、トイレに立った時、足がもつれて倒れた。しびれが切れたのでなく、歩き方を、つい忘れたのである。エコノミークラス症候群になりますよ、とおどされた。歩数計で計ったら、一日の歩数が、百に満たない。計る必要もない。そこに、歩きませんか？　とお誘いを受けた。

鳥取県三朝《みささ》温泉近くの三徳山三仏寺《みとくさんさんぶつじ》にお参りしよう、というのである。ここに日本最古の堂「投入堂《なげいれどう》」がある。山腹の絶壁に建立《こんりゅう》された、国宝の堂である。土門拳《どもんけん》の写真で、見た覚えがある。どのような方法で造られたのか、謎とされている。何しろ、人が登るにも命がけの切所であって、立派なお堂を建てる材料を、いかなる形で運搬したのか。当然、投入堂を拝観するには、歩くしかない。

「歩くといっても、山登りでしょ？　私のような、歩き方も忘れるような不精者には、無理じゃないですか？」

「小学生も登ります。慎重に歩けば、大丈夫ですよ」

「三徳山というのは、何千メートルの山ですか？」

「本堂から投入堂までの距離は、六百メートルちょっとです」

「えっ？　そんなものなのですか？」

「三徳山は約九百メートルの山ですから。参道入口までは、車で参ります」

「六百メートル余を、歩くだけですか？」

「片山知事は二十五分ほどで、上がったそうです。普通の足ですと、まず五十分はかかるそうです」「そりゃ、すごい」

「知事は特別ですから、ゆっくりと無理せず歩けばよいんです。歩かなければ見られないものなんて、今どき貴重だと思いませんか？　ケーブルカーも、リフトも無い。苦労して見てこそ、本当の見る、じゃありませんか？」

「歩いてこそ歩く、ですね」

何だかよくわからぬ問答の末、でかけたのである。

鳥取空港から車で一時間。地元のＭさんが運転して下さった。Ｍさんは鳥取から京都まで、展覧会を見に、車でよくでかけるらしい。片道四時間はかかる。日帰りで行くという。

「車が、いわば足ですよ」と笑う。

「しかし、すごいなあ」「東京と違って車が無いと、動きようがないのです」「それじゃ、あまり歩きませんね？」「そうですね、歩かないなあ。歩き方を忘れてしまいますね」

私は大笑いをした。

◉ こんにちは、ありがとう

鳥取県の三徳山三仏寺は、役行者《えんのぎょうじゃ》の開基で、修験道の行場の一つという。さてこそ、断崖にお堂が建てられているわけである。平成十八（二〇〇六）年に、開山千三百年を迎えるという。

電車だとJR山陰本線の倉吉駅で下車、バスで三朝温泉に入る（約二十分）。温泉から三徳山には、車で十五分である。

さて長い石段を上がり、樹齢千年を超える老杉に囲まれた本堂にお参りし、その裏の登山事務所に行く。

名簿に住所姓名を記す。投入堂参拝を兼ねた入山料六百円を払うと、「六根清浄《ろっこんしょうじょう》」と染められた輪袈裟《わげさ》を渡される。両手には荷物を持たないこと。水場が無いので、水筒を用意すること、など注意を受け、「お気をつけて」と送りだされた。事務所の下の赤い橋を渡ると、三徳山の霊場である。空気が濃くなったように感じられる。いきなり、胸突きに差しかかる。道らしい道は無い。雨水が流れた跡のような窪地を、たどる。木の根がむきだしになっていて、それにつかまり、足場にし、登っていくのである。前日に雨が降ったせいで、足元が滑る。慎重に、一歩一歩、上る。

私たちの前を、七十代前半と思われるご夫婦が、登っていく。黙々と、足を運んでいる。歩き慣れている様子だが、ご夫婦より十年も若い私が、ひいひい言って、みっともない。

階段でいえば踊り場のような、わずかな平地を見つけては、小休止する。急ぐ必要はない。ガイドブックには、往復の所要時間一時間半とあるが、私たちは半日かけても構わない。あとからやってきた四人家族のふた組に、道を譲った。ひと組は小学生連れ、もう一方は、中学生と小学生の子供さんがいる。「こんにちは」と私たちに挨拶し、「ありがとう」と傍らをすり抜けた。何だか久しぶりに聞くような言葉だった。すれ違うのもひと苦労で、道の片側は断崖である。

やがて、大きな岩にぶつかる。クサリが下がっている。さきほどの小学生が、ロッククライミングをしている。あっというまに、楽々と登っていく。子供たちには楽しい、スリル満点の難所なのだろう。クサリが苦手な人は、大岩を迂回する道がある。登りきると、重要文化財の文珠堂《もんじゅどう》で、崖の上に舞台のように建てられてある。ぬれ縁に立って見下ろすと、樹海に浮かんでいるような感じで、目まいを覚える。天気の良い日は、日本海が望めるらしい。

というわけで、本堂からここまで、まだ四百メートルを歩いたばかり、国宝の投入堂は、二百六十メートル先である。

◉ 投入堂は心の恋人

鳥取県の三徳山を登っていると、遠くから鐘の音が聞こえてきた。はてな、本堂の鐘が反響するのかしら？　と立ち止まって耳をすませると、音は足元からでなく、頭上から聞こえてくる。

なんと、岩尾根に、立派な鐘楼が建っている。大きな梵鐘《ぼんしょう》が下がり、参拝者が自由に撞木《しゅもく》を突いている。

重々しくて、余韻が長く、快い音色である。

それにしても、どのような方法で、この重い梵鐘を運び上げたのであろう。誰に聞かせるために、鐘を置いたのだろう。鳴らすための往復も、容易でない。

梵鐘は、鎌倉時代に佐々木盛綱《ささきもりつな》が寄進したという。その後、三百年ほど前に、再鋳されたらしい。数年前の大みそかに、NHKが「ゆく年くる年」で、この鐘楼堂を放映したそうだ。機材の運搬に、苦労したことだろう。テレビで流された音色は、神秘的に響いたに違いない。何しろ、深夜に、無人の尾根で鳴り渡るのである。しかも、登山禁止の、積雪時期にである。登山路には、この鐘楼の他、納経堂、観音堂、元結掛堂《もとゆいかけ》などがある。最後に、国宝の投入堂が出現する。それは出現する、という表現がふさわしい。

崖をまわったとたん、前方の絶壁に、清水《きよみず》の舞台に似た建物が、こつ然と現れる。道はここで行き止まりである。投入堂には、近づけない。狭い崖の岩肌に取りついて、足元を危ぶみながら、平安後期に建てられたという、美しい形の堂を、しばし眺める。建築の勉強をしているという若い女性が、しきりに写真を撮っている。東京から来た、という。投入堂を見るのが長年の夢だったそうで、やっと会うことができました、と笑った。彼女には投入堂が、心の恋人だったのだろう。

道の行きどまりには、次々と登山客が集まってきた。堂は何時間見ても飽きないが、新規の客に場所を譲らなくてはならぬ。せいぜいが定員十二、三人の、見学場所なのである。帰路は下る一方だから、楽である。同じコースを戻るのだが、往きと帰りでは視界が逆なので、違う道を歩いているような新鮮な気分である。たちまち、本堂に着いた。霊場から抜けだしたとたんに、空腹を覚えた。山内で精進料理をいただく。揚げた栃餅《とちもち》の雑煮が、おいしかった。三朝温泉に寄って、ひと風呂あび、汗を流した。心配した足の疲れは、全くない。温泉の効果かも知れない。

かくて、いつものように一日中、机に向かっている。十年分、歩いてきたので、十年間は歩かなくともよいような気がしている。

◉ 投げ出さないこと

またまた風邪にやられてしまった。大体私は、子どもの時分から、風邪っぴき体質なのである。鼻が悪いせいで、すぐに引く。季節の変わりめが、要注意だ。

安静にして寝ていればよいものを、根が貧乏性だから、熱が下がると、もうじっとしていられない。人が働いているのに寝ているなんて、申しわけない気になり、もったいない気にもなる。新たに風邪を引くというより、絶えずぶり返しているのである。

今回も、申しわけない気持ちにかられたが、働いている人にではない。闘病しているかたがたに、である。風邪くらいでぼやくなんて、お気楽なものだ、とつくづく思い知らされた。

岸本葉子《きしもとようこ》さんの、『がんから始まる』(晶文社)を読んだのである。そもそも、月刊誌で、岸本さんの「女ひとり、四十歳でがんになる」を読んだ。岸本さんは人気エッセイストであり、書評家である。ひとり暮らしで、たくさんの仕事をこなしてきた。その人が、ある日、突然、癌になり手術をする。入院準備も、医師との対応も、何もかも自分ひとりで進めていく。そのいきさつと心境を、一冊にまとめた。生まれ変った岸本さんが、ここにいる。「がんから始ま」ったのである。

いつもの岸本さんの、にこやかな、ユーモラスな文章である。まるで他人事のように、病状を明晰に解説する。だが、従来と明らかに違う。達観した人のまなざしが、ここにはあるのだ。

岸本さんは、言う。

「要するに病気というのは、なるときはなるのである」

人一倍、健康には気を遣ってきた。タバコも酒もやらぬ。食事は理想的な内容であり、生活習慣には何の非もない。風邪を引くことはあっても（寝る時に靴下をはかないと、ふしぎに引く）、入院するほどの病歴は無い。それなにのに、大腸癌の診断が下る。「要するに、病気になるのに、生き方は関係ない」でも、と岸本さんは続ける。「なってからは、生き方はおおいに関係ありそうだ」

岸本さんは、声に出してつぶやく。泣き言を言うのは私らしくない。「声にするということは、不思議な力をもたらすもので」、本当は泣き言ばかりの性格かもしれないのに、口に出すと、言葉通りの人間であるかのような気分になる。弱音を吐きそうになったら、これを呪文にしよう、と思う。

手術は成功した。だが再発の問題がある。切除された腫瘍のかわりに、岸本さんの中には何かが宿り、少しずつ育っていくのを感じる。岸本さんは本書を、こう結ぶ。「未知なるものは、ときに私を畏れさせるが、投げ出さない。未知なるものがあるからこそ、死ぬまで、人は生きるのだ」

◉病院のパジャマ

たとえば、大腸にポリープが見つかった、と言われる。手術が必要、と解説される。病院に紹介状を書いてくれる、とドクターはおっしゃるのだが、その病院はどうも気乗りがしない。

こういう時、あなたならどうしますか？

ひとまず、病院は周囲の者と相談して決めたいと思います、とドクターに返事する。了解を得て、表に出たのだが、さて、どうしたものか。知りあいの病院関係者は、いない。病院に詳しい者も、いない。

まず、何をするか？

エッセイストの岸本葉子さんは、本屋に向った。ポリープとは何か、を知るために。私も、そうだった。腎臓結石で苦しんだ時、結石の正体を探るため、書店に入った。病院の前には必ず本屋があり、奇妙に、病気の本のコーナーがある。私の読みたい結石の本も、備えられていた。私は手術を勧められていた。手術が恐くて（その当時は開腹手術である。現在は破砕装置の治療ですむ）、踏んぎりがつかなかった。本を読んでも不安が増すばかりである。何だか胸がドキドキして、貧血状態になり、書店の通路にしゃがみこんでしまった。あの日の読書くらい（立ち読みだが）、気分の悪い読書は、なかった。

『病院の選び方』『名医の事典』という本も、開いた。これらの本は平時に読むものであって、今日の場に間に合うものではない、と知った。

岸本さんは『がんから始まる』（前出）で、病院で働く人を見る。受付が不機嫌そうな応対をする病院は、敬遠した方が無難だろう。すれ違う医師が挨拶も返さない。だれだって、世話になりたいと思わない。

さて入院の準備だが、岸本さんの体験談は、良い参考になる。特に一人暮らしの働く女性は、必読である。パジャマの選び方、などは、男には思いもよらない。

選ぶ条件の第一は、血色がよく見えること、という。いかにも病人風の、色柄では、病気にめげてしまう。赤系統が、いい。

入院となると、さまざまな準備がいる。一人暮らしの場合、すべて自分でやらねばならない。留守中の郵便物、新聞の処置。案外こういうことに気づかぬもので、私の知人がこぼしていた。隣家の家族が長期の外国旅行に立ったらしく、郵便受けに新聞やちらしがあふれ、見ていられない。袋に入れて預かる羽目になった。あれでは留守ですよ、と泥棒に教えているようなものです。こちらも巻き添えを食いますからね、と苦笑していた。

保険に入っているなら、その手配もしなくてはならない。マンションの家賃も、あらかじめ払っておく。むずかしいのは仕事関係で、どこまで正直に病名を告げるか。

◉ 勤労少年の時代

某誌が戦後史特集を組むとて、私にも執筆依頼があった。私に割り当てられたのは、「集団就職」である。

私が集団就職の一人であるから選ばれただけだが、依頼は体験談ではない。集団就職なるものの意義や、てんまつを簡単にまとめ、かつ私の体験も語ってほしい、というのである。

当事者は、案外に全体を知らない。まして歴史など、知りたいとは思っても調べようとはしない。いい機会だ、とまず集団就職に関する書物を探したのだが、意外なことに、ほとんど出ていないのである。きちんとまとめた本もない。

すると、あれは、幻だったのだろうか。集団就職なる言葉が、死語なのも無理はない。実態どころか、事実を記録した本も無いのだから。

昭和三十（一九五五）年頃から、日本は好景気に湧き立つ。神武以来の好況、と評された。いわゆる、「神武景気」である。家庭電化製品が、飛ぶように売れた。大量消費時代が始まった。

企業も商店も、人手がほしい。物を作りさえすれば売れる。たくさん売れば売るほど、もうかる。農村の中卒者に、目をつけた。若い労働力なら、安く雇える。世間ズレしていないから、使いやすい。

労働省が音頭を取り、求人側と各地の職業安定所、それに県や都や府が連携し、学校ごと地域ごと、団体での就職を実行した。これに当時の国鉄が加わり、「集団就職列車」が走る。官と民が足並みを揃えたのは、経費が安くなるからだったろう。

学帽に白いレインコートの中卒者を、割烹着姿で見送る母親たちの、駅頭での涙の別れの光景は、三月の風物詩といってよかった。

ところで、高村薫《たかむらかおる》氏の直木賞作『マークスの山』に、合田雄一郎《ごうだゆういちろう》という刑事が登場する。この合田のモデルといわれるのが、五年前に亡くなられた鍬本實敏《くわもとみとし》さんである。鍬本さんは戦後まもなく警視庁刑事となり、築地八宝亭事件、カービン銃事件などを手がけた敏腕刑事だが、私も縁あって何度かお会いし、昔の話を聞いた。これは余談だが、鍬本さんは独身時代の越路吹雪《こしじふぶき》に惚れられた人である。『警視庁刑事』という著書がある。

鍬本さんは一時、世田谷警察署に勤めたことがある。集団就職なるものを考案し実行した先駆者は、世田谷区の桜新町商店街だと教えられた。「サザエさん」の作者、長谷川町子《はせがわまちこ》美術館がある。長谷川さんのお膝元である。考案者の名も聞いたが、忘れてしまった。

昭和四十五（一九七〇）年三月十六日号の「週刊文春」に、十六歳の森進一《もりしんいち》さんの写真が出ている。集団就職で大阪の鉄工所にいた。ういういしい勤労少年で、いい顔をしている。

◉故丹羽文雄氏に感謝

作家の丹羽文雄《にわふみお》氏が、亡くなられた。百歳である。五月九日、築地本願寺で葬儀が行われ、私も参列した。

私は丹羽氏と面識が無い。縁者でもない。読者ではあるが、ファンというほどの者ではない。

ではどうして列席する気になったか、というと、お墓である。お墓のお礼を申し上げたくて、参列した。

こういうことである。父を見送った時、わが家には墓が無かった。急いで探したが、間に合わぬ。いや、金さえ出せば、即座に入手できるのである。安く購入しようとするから、見つからないのである。

都営霊園に空きができると、募集がある。地の利が良くて安いから、毎回、たくさんの応募者がある。むろん抽選である。よほどの運がなくては、当たらない。カミさんが何度も通ったが、外れる。自分にはクジ運が無いらしい、と私に泣きついてきた。私にだってそんなものがあると思えないが、とにかくも抽選会場の都庁に出かけた。

すると、不思議なるかな、一発で当選したのである。クジの神さまが気まぐれを起こしたのであろう。かくて念願の墓地を確保することができた。

妙なもので墓ができると、次々に入る者が出てくる。父についで母が入った。続いて長姉が亡くなった。遺骨を抱いて途方に暮れている義兄を、見るに見かねた。義兄も墓地を持っていない。そこでわが墓所を提供した。次に義母が入った。

聖櫃《かろうと》に骨箱を四つ納めると、あと一個の余地しか無い。私ども夫婦は、どちらか一方しか入ることができない。夫婦共に入るから、先客の一人はよそに行ってくれ、とは言えない。

私どもには、子がいない。夫婦が死ねば、無縁墓となる。これはこれで重大な問題であり、私たちが元気なうちに、いろいろ手を打っておく必要がある。都営霊園は縁者が絶えると返納せねばならない約束である。

そんな折、私はあるかたの推薦で、日本文芸家協会の会員になることができた。協会で「文学者之墓」をあっせんしていた。私の他に妻も入れる。協会が管理している。私は喜んで申し込んだ。かくて、長い間の悩みの種が、無くなった。

小説家の多くが墓地を持たず、遺族が苦しんでいるのを見て、文学者之墓を富士山の裾野に設けたのは、協会の理事長だった丹羽氏の発案であった。本を開いた形の墓碑に、作家の筆名と代表作が彫られている。七百近い碑が、並んでいる。

丹羽氏はまた作家の健康保険組合の設立にも働いた。組合の理事長を実に五十年も務めている。文芸家協会の理事長・会長職は、十六年に及ぶ。

私に墓の憂いが無くなったのは、丹羽文雄氏のおかげといってよい。

❖東京の空に鷹が

◉東京の空に鷹が

思いもよらぬことが、起こるものである。鷹に、襲われた。山の中ではない。東京の、小さな公園内である。しかも、まっ昼間。筆者では、ない。わが家の小型犬である。

カミさんが犬と散歩していて、襲われた。いきなり、空中から、一直線に、犬の頭部めがけて襲撃してきた。

カミさんの前を歩いていた犬がすさまじい悲鳴をあげたので、見ると、異様な声を放ちながら、黒い大きな鳥が羽を広げて、犬の頭を押さえつけている。最初、カミさんはカラスだと思ったらしい。公園は、カラスが多い。大型のカラスに襲撃された、と思った。夢中で鳥の羽をつかみ、犬から引き離そうとした。ところが、離れない。犬は叫び、鳥は、騒ぐ。ようやく、鳥の方から離れたが、その時、相手がカラスでないことがわかった。太綱のような脚をしていたからである。鋭いくちばしと、恐ろしい目つき。

鷹は飛び去り、カミさんは犬を抱きあげた。目のまわりが血だらけである。夢中で、近くのペットクリニックに駈けこんだ。さいわい、犬には意識がある。ショックで、ふるえている。

鷹にやられた、と訴えると、ドクターが、本当に鷹ですか、と驚いている。

間違いない。公園で襲撃の瞬間を見ていた人がいて、鷹だと教えてくれたのだ。何でも時々、鷹狩りの訓練に来る人がいるらしい。その鷹だ、というのである。

犬の傷は、見た目よりも軽かった。右目の縁を二カ所裂かれていた。角膜も少し傷ついている。ドクターが傷口を洗ってくれ、薬を塗り、抗生物質の注射を打ってくれた。

あと一センチずれていたら、失明するところだった。爪先で勢いよく、頭を押さえつけられたので、ムチ打ち症が心配です。と言われた。

わが家の犬は、猫ほどの図体しかない。全身が白く、軽快に歩むので、鷹にはウサギに見えたのではないだろうか。

それにしても、鷹は猛キン類である。町なかで飼ってよいものなのか。また訓練で放しても構わないのだろうか。

公園には犬猫だけではない。子供も、赤ちゃんもいる。犬を襲うくらいなら、子供だってねらうだろう。この先、大きな事故が起こらないとも限らない。カミさんは、警察に届け出た。

警察署でも、鷹には驚いたらしい。すぐに調べてくれた。

それによると、輸入の鷹はペットとして、自由に飼育できるらしい。訓練も、やってはいけない、という決まりはないという。「しかし、公園ではねえ。場所を選んでもらわないとねえ」。当惑気味だった。そのうち東京の空には、当り前に鷹が舞うのだろうか。

◉「署中」お見舞い

書き上げたハガキの投函をカミさんに頼んだら、字が間違っています、と指摘された。「暑中お見舞い申しあげます」の「暑中」が、「署中」になっている。

これでは、ワイロを受け取って逮捕された、議員先生への見舞い状である。

「署」を「暑」に、ごまかしようがない。書き直さなくてはならぬ。とはいえ、十数枚ものハガキを、改めて書くのは、しんどい。窮余の一策、朱筆で訂正し、「あまりの暑さに誤植しました」と書き添えた。作家のハガキだから、洒落のつもりである。

「この住所も誤記していますよ」カミさんが示す。

なるほど、群馬県を、郡馬県と書いている。

「なあに、洒落だよ、洒落」とこれも朱筆で直す。

「二カ所も誤植があると、かえってわざとらしくて、笑えるだろう」

そう強がるそばから、

「あら？　これは宛て名を間違えてますよ」

相手の姓名だけは、洒落にするわけにはいかない。新しく書き直した。この一枚だけは、

「校正」跡のない、まじめな暑中見舞い状である。

「どんな間違いがあるか、わからん。宛て名は一応、目を通してもらおうか」

カミさんに校正係を願うことにした。ちかごろ、何だか、文字や言葉に自信がなくなった。必ずしも暑さのせいばかりではない。

先だっても、五年前に亡くなられた作家、江國《えくに》滋《しげる》氏の遺句集『癌め』について書いた自分の文章に、ハテナ？　と首をかしげた。

江國氏は闘病の末八月十日に六十二歳で逝去されたが、死の三日前まで、句を詠んでお

られた。八月七日の「多摩川花火の夜」と前書のある句を、私は引用した。江國夫人の注記によれば、この日は例年、一家で花火見物を楽しんでおり、氏は当日を快癒の目標にしていたそうである。その句は、こうである。

「氷ふふむ快気祝ひの夜なりしに」

起句の「氷ふふむ」である。これは「氷ふくむ」の誤植であろう、と私はとっさにそう考えた。直そうとして、とどまった。何しろ人さまの句である。勝手に決めつけるわけにはいかない。まず原句に当ることだ。私の文章は三年前に書いたものである。すっかり原句を忘れている。句集を見ると、「氷ふふむ」だった。ふふむ、は辞書にちゃんと載っている。含む意である。怒りや恨みなどを心に抱くことにもいう。

つまり江國氏の句は、そういう感情を込めての「ふふむ」なのである。単純に、氷を口に含んだことを詠んだわけではない。誤植と間違えたおかげで、私は言葉の奥行を学んだのである。

◉ 不穏な夏の夜

世間は夏休みの最中で、ひっそりとしている。人も、車も、少ない。夜になると、近所一帯が、いやに暗くなる。留守の家が多いようである。中には、雨戸を立てて出かけている家もある。用心のためだろうが、留守にしていますよ、と教えているような気がしないでもない。

ここのところ毎晩のように、消防車が出動している。わが家の近くに集まる。驚いて、ベランダに出たり、走る消防車を追ったりしているが、程もなく消防車が引き返してきて、何だかよくわからない。いたずら通報なのかも知れない。出動の理由や経過をアナウンスしてくれると安心するのだが、時間が時間だから、そうもいかないのだろう。

とにかく、留守宅の多い今の時期は、何かと穏やかでない。

たとえば、ここ数日、ポストに投げ入れていくチラシの数が、めっきり増えた。休みに入ったとたんに、多くなったのである。大半が、ピンクチラシというのも、解せない。

普通に考えると、留守が多いわけだから、チラシの効果が薄いはずである。それなのに増えるとは変ではないか。しかも一般の住宅に、ピンクチラシである。怪しむと、怪しい。

そのチラシも、日中に配るのでなく、夜中に、住人の知らぬ間に投げ入れていく。眠っている時に、表のポストを開けられているなんて、気分のよいことではない。

「緊急」と朱字で記された回覧板が、まわってきた。

消防車出動の謎が、わかった。放火である。わが町内の駐車場で、乗用車のシートカバーに火がつけられたという。さいわい通行人が発見し、大事に至らなかったが、この数日、ベランダの洗濯物や、ごみ集積場のごみ、自動車やバイクのシートなど不審火が十件ほど、あいついで発生しているので、十分に気をつけられたい、とある。放火の手口が同一であり、範囲がこの近辺に限られている、というから、恐い。

シートなどは夜は外すこと、燃えやすい物を戸外に置かないこと、不審な通行人に気をつけること、とある。三つ目は、ちとむずかしい。

猛烈な暑さや、人けの無い夏休みなどと関連があるのだろうか。タクシーの運転手が、夏に入って一段と不景気になった、とこぼしていた。秋から暮れにかけて、もっと厳しくなるだろう、と予測していた。不穏の要素は、いっぱいある。

玄関に朝顔の種をまいたのは、ずいぶん以前だが、蔓は元気に伸びたのだけれど、一向に花が咲かない。今年は駄目だったか、とあきらめていると、けさ、三つ、紫色のが開いた。不安の中に、清涼一服の気分である。

◉「お袋竹《ふくろたけ》」をどうするか

近所の放火は、まだ続いている。

昨日、回ってきた回覧板に、十六件、とあった。一週間に五件から六件、発生している。夕方から明け方にかけての犯行という。不用心だから、玄関灯は夜っぴて点けておくことにした。

気がかりなことが、一つ、あった。一階の居間の窓ぎわに、竹が一本生えている。根回り五センチほどの竹で、二階に届かんばかり伸びている。葉が繁り、重さで稲穂のように先端が垂れている。わが家では、この竹を「お袋竹」と呼んでいる。布袋竹《ほていちく》にひっかけての命名だが、竹をほしがった義母をなつかしんでの愛称でもある。

三年前まで、この居間は義母の部屋だった。西日がまともに当るので、閉口していた。スダレを二枚重ねにして垂らしたり、窓辺に植物を置いたり這わせたり、日を遮る工夫を重ねたが、どれもうまくいかない。日差しが強すぎて、植物は枯れてしまう。

竹を植えたらいい、竹を買ってくれ。と義母がせがむ。確かに竹は見た目にも涼しげだが、わが家には、それを植える余地がない。家屋すれすれに植えれば、竹は根を張り家を傷めるだろう。私はいつも生返事をしていた。

義母が亡くなった翌年の春、窓の下から急に笹竹が生えてきた。実に不思議な暗合であった。近所に竹林や笹むらなど、見当らないのである。お袋の生まれかわりかも知れぬ、と私とカミさんは顔を見合わせた。

笹竹は窓から頭を出しただけで成長が止まった。西日を遮る役はなさない。孟宗竹だったらなあ、と私たちは残念がった。

ところが今春、その孟宗竹が、笹竹のすぐ隣に生え、あれよという間に、ぐんぐん伸びて、窓をおおように枝葉を広げたのである。

猛暑の今夏は、おかげで、どんなに助かったろう。部屋は竹の影で日中も薄暗いが、西日が直接当らぬだけありがたい。私たちは、「お袋竹」に感謝した。

その一方、にわかに起った放火騒ぎで、繁茂した竹の葉が心配になってきた。火をつけられないだろうか、という危惧である。

枯れ葉でなく、青々とした葉だから、一気に燃えあがることはないだろうが、何しろ目立つのである。家の壁に接するように笹竹と孟宗竹が一本ずつ生えていて、窓の前で葉を繁らせている。いたずらをしようと思う者には、いたずらしたくなるような、恰好の位置にある。

「放火より、泥棒の方が心配。竹を伝って侵入されたら。かといって切るのは忍びないし」カミさんが腕を組んだ。

何しろ、「お袋竹」である。ぞんざいには、できぬ。

◉いとも簡単に倒れた竹

連続放火魔（だれが言いだした言葉だろう。考えてみると、他に言いようがない）は、まだ捕まらない。

ただし、この一週間、鳴りをひそめている。消防署や警察のかたがた、それに町会の人たちが、毎日毎夜、警戒に回っている。おかげさまで放火魔もつけ入るすきがなく、私たちも安眠できるのだが、安全のかげには、こういう人たちの黙々とした苦労があるわけで、どうかするとその辺を忘れ、放火魔の気まぐれに帰してしまう。

放火魔の語で思い出したが、小学生の時、火の用心のポスターを描かされた。私は黒マントの悪魔が、マッチで火を付けている絵を描いた。悪魔が不気味に笑っていて、その笑い声を、「火、火、火、火、火」と書き入れたのである。ヒヒヒでもカカカでも、どちらに読んでも構わないのだが、このポスターは落選した。火事は笑いごとではない、不謹慎だったと今の年になってみるとわかる。発想の根元に、放火魔という言葉があったのは間違いない。古い言葉なのだろう。

ところで、わが家の「お袋竹」だが、いとも簡単に倒れてしまった。昼すぎ、座敷に腹ばって新聞を読んでいたら、急に、新聞の文字が四方に飛び散った。紙面が、まっ白くなった。驚いて顔を上げると、窓が照っているのである。竹の枝葉が消えて、ぎらつく陽光が、しぶいている。おや、竹はどうしたろう？　とのぞくと、まっぷたつに折れて、上半分が塀越しに、隣家の庭に垂れている。そういえば新聞を読んでいる時、窓の外でぬれた洗濯物を地べたに落したような、にぶい音がした。大きな音ではなかったから、気にもとめなかった。竹が折れて倒れる音だったのである。

先日の台風で、「お袋竹」は、枝葉に雨を含み、重さで頭がぐにゃりとたわんだ。その姿で風にあおられ、右に左に激しく揺れた。幹をコンクリート塀に打ちつけ、あるいはこすっているうちに、ひびが入り割れてしまったらしい。

ずいぶん、しなるものだと思いながら見ていたが、竹が折れるとは考えもしなかったのである。そうとわかっていれば、重い先端を切るなり、余分な枝葉を折るなり、あるいは突っかい棒を支《か》うなりしたのだが、今更どうしようもない。隣家に迷惑をかけるので、切ることにした。短い命のお袋竹だった。

六十センチほどの長さで四本に切り分けた幹は、花器に用いることにした。枝はゴミにするのは忍びないので、とりあえず部屋に飾った。七夕は季節外れだが、人さまに見せるわけではないから、短冊をぶら下げ、七夕飾りとした。紙片には家族やペットの名を記した。むろん、お袋の俗名も記した。

◉ 歯ぎしり、いびき、寝言

大リーグのメッツから、パ・リーグの日本ハムに移籍した新庄《しんじょう》（登録名はローマ字表記になるらしい）が、テレビで抱負を語っていた。おそろしく歯が白い。何か特別なものを塗っているのだろうか、と歯に見とれてしまった。肝心のコメントは、聞きのがした。

私はタバコを吸うせいで、歯がヤニで汚れている。すっかり染み着いて、落ちない。まっ白い歯は、羨望の的である。

何しろ整った白歯は、健康と若さの象徴である。あこがれるのも無理はない。

私はこの数年、二週間に一度、歯科医院通いをしている。歯ぎしりがひどくて、歯がゆるんでしまった。自分では気がつかないが、かなりの力で噛みしめるらしい。歯肉まで傷めた。

ドクターの勧めで、寝る時、上の歯に合成樹脂の「キャップ」をかぶせることにした。直接に歯と歯がぶつからないように、クッションの役割りをする薄い歯型である。「ナイトガード」というそうである。

最初のころは、一カ月もたたずに穴をあけた。左右の奥歯の部分である。いかに歯ぎしりが、すさまじいか、我ながらゾッとした。

歯がゆらぎだしてからは、ナイトガードが長持ちし始めた。無意識に、傷む歯をかばっているようなのである。

この間、朝起きて大騒ぎをした。ナイトガードが見当らない。歯にぴったりとかぶせているのだから、自然に外れるわけがない。いや、並大抵でない歯ぎしり男である。噛み切って飲み込んでしまったのではないか。「歯を食べてしまった。大変だ」と大騒ぎをしたのである。

何のことはない、洗面所のいつもの場所に、ちゃんと置いてあった。寝る前に付けるのを忘れただけである。私は、いびきもひどい。自分ではわからないが、カミさんに言わせると、寄せては返す波の音のようだそうである。こちらは鼻輪をはめて寝る。何と称するのか、とにかく鼻の穴を広げて寝るのだが、不思議に、いびきをかかない。多少はかくようだが、ひどくはない。

私は、寝言も言う。これまた自分では気づかないが、ずいぶんはっきりとしゃべるようである。昔、カミさんがメモしたことがあって、それによると、「それだって五郎右衛門さんが試したはずだが、皆が違うと言うのなら間違いではないかも知れない。だけど一応は訊いた方がよくはないか?」というようなことを、大声で言う。カミさんはテレビを消し忘れたか、と一瞬、錯覚したらしい。小説を書いている夢でも見ていたのだろう。寝言予防のため、マスクをかけて寝る。

そんなこんなで毎夜の寝仕度も大変、気が休まらない。

◉妙な物を嚥下《えんか》した

夜十時のテレビニュースを見ていたカミさんが、突然、騒ぎだした。「大変。早く来て下さい」と叫ぶ。すわ、また大きな事件が起こったか、と駆けつけた。このところ連日、思いもよらぬ出来事が報じられる。どれも、ただごとでない。

やはり、事件であった。テレビのニュースでは、ない。だが家の一大事である。四歳の室内犬が、異物を嚥下《えんか》したのである。私が二階から下りてきたのと同時に、嚥下した。

物は、ボールペンのキャップヘッドである。カミさんがテレビを見ながらダイニングテーブルで家計簿をつけていた。どうも文字がかすれる。ペンの寿命が尽きたのだろう、燃えないゴミに処分しよう、とキャップを外したところ、どういうはずみか、実に簡単にヘッドが取れた。ポケットに挟む時の抑え金（正式には何と呼ぶのだろう）が抜け、黒い楕円の頭が取れて、テーブルを転がった。

カミさんの足元に、室内犬が腹這って、骨の形をした犬用ガムを噛んでいた。彼の目の前に、プラスチックのヘッドが落ちたのである。カミさんが騒いだので、彼は何か得がたい物だと早合点したらしい。人間なら手に取るのだが、犬のことだから、まず口にくわえた。くわえて、逃げたのである。カミさんがあわてて取り戻そうとするから、よけい面白がった。そこに私が足音荒く駆けつけたので、犬はいよいよ興奮した。逃げながら、噛みしめている。

私たちが知らぬ振りをすればよかったのである。派手に騒ぎたてたから、犬は逆にはしゃいでしまった。

カミさんが鶏肉の唐揚げを見せて、釣ろうとした。唐揚げを食べたさに、口中の異物を吐きだす、と思ったのである。ところが犬は異物を急いで飲み込んでしまい、唐揚げに突進してきた。「あ、あ、あ」と夫婦で制止したが、間に合わなかった。

「大丈夫か?」となりゆきを見たが、のどにつかえた様子もない。ケロリ、として唐揚げに食いついた。

「食べさせた方がよい。食べ物にくるんで胃に送った方が、傷つくまい」油ぎった衣を剝がし肉だけを与えた。犬は時ならぬご馳走にありついて、喜んでいる。

すぐにも動物病院で診てもらいたかったが、時間が時間である。苦しんでいるわけでないので、明日の朝一番に連れて行くことにした。

キャップヘッドの長さは、一センチ半ほどである。直径が、ほぼ一センチ。嚙んではいたが、砕きはしなかった。押しひしゃげたかも知れない。

犬を飼う上で油断ならないのは、異物をのんでしまうこと。電池を嚥下した犬が、手術で助かった例を知っている。

◉ 無事に出ました

ボールペンのキャップヘッドをのみこんだわが家の犬は、別に苦しむ様子もない、座布団を枕にして、仰向けに寝てしまった。痛みや違和感があれば、こんな寝方はしないだろう。

それでも不意の変事に備えて、私たち夫婦は、交代で仮眠をとり、見守った。

動物病院の開院を待って、連れていった。犬がのみこんだのと同じキャップヘッドの実物も、忘れないで持参した。待ち合い室は、混んでいる。どうしました？　といっせいに聞かれた。かくかくしかじか、と説明し、実物見本を披露した。「ああ、これなら大丈夫、出ますよ」皆が、口々に言う。「大丈夫。手術は必要ないですよ」。皆さん、お医者さんのように、太鼓判を押す。話題は、犬がのみこんだ異物のあれこれに移った。ゴルフボール。焼き鳥の串。書類挟み。容器のフタ。玩具。布団の綿。チューブ。針をのみこんだが、半年ほどたって、無事に排出された例があるそうだ。「針って、あの縫い針ですか?」「そうです。縫い針」「出たんですか」「出たんですって」「奇蹟じゃないですか」「奇蹟ですよね」

私は信じられなかったが、相手は断固として、本当の話です、と力説する。あるいは私を慰めてくれたのかも知れない。

私の母が健在の頃、わが家には、何でも口に入れてしまう室内犬がいた。危険な物は、その辺に置いておけない。カミさんは一日に三度も四度も、神経質に掃除機を床に走らせていた。この犬がいた当時のわが家は、常に塵ひとつ無く、よけいな物も転がっていず、実にすっきりとしていた。

母は年が年だったから、元気といってもお医者さん通いが日課で、三度の食後は、何錠かのいろいろな薬を服用する。一錠ずつのむと、飲み忘れる薬が出てくるので、母は飲むべき何錠かを、あらかじめ、テーブルの上に数えながら並べ、その形や色を何度も点検したのち、掌にのせて、いっぺんに口に入れる。薬を取りだし、並べ、確かめて口中にするまで、二、三十分は、ゆうにかかる。一日に三度、それを行うのだから、言ってみれば母には仕事のようなものだった。

冬になると、コタツに入って行う。楽しみの一つだったに違いない。コタツの傍らには、室内犬が寝ている。ある日、母が病院に出かけた留守に、カミさんが掃除機を使うべくコタツ布団をめくりあげると、コタツの中に、まるで節分の晩にまいた鬼打ち豆のように、色とりどりの錠剤が何十粒も転がっていた。犬が気がつかなかったのは、もっけの幸いだった。

キャップヘッドは、二日後、めでたく「出た」。そのままの形で、出た。

◉ キキにカの薬？

また、ポカをやってしまった。すっぽかし、である。

「えー。また歯医者さんですか？　これで三度目ですよ」カミさんが、あきれている。

「私はいくらなんでも、もうおわびの名代はお断りですよ。自分であやまって下さい」

「何と言ってあやまったものだろう？」

「正直に述べるしかありませんよ。忘れていたと」

正月明けから、歯の治療に通っている。歯ぎしりがひどくて、歯肉を痛め、歯がぐらついてしまった。水や湯が、しみる。

歯が動かぬように、接着剤で固定していただいた。二週間、あるいは三週間に一度、様子を見てもらう。同時に、補強していただく。

歯医者さんは予約制である。次は二週間後、あるいは三週間後に来て下さい。と言われる。私の都合の良い日時を指定する。

その予約日を、ついうっかり忘れてしまったのである。初めてではない。これで三回目である。一回目と二回目は、カミさんが水菓子を持って、おわびに出かけた。当然である。私の不注意で、ドクターの仕事を、空けてしまったのだから。

二度あることは三度ある。しかし三度も同じことを繰り返すと、合わせる顔がない。カミさんがそう主張して、洗面所に日程表つきカレンダーを貼りだした。顔を洗う時、いやでも目につくように、鏡の脇に貼った。カミさんや私の予定を、それぞれ、日付の下に書き込んでおく。どちらの予定であれ、確認のため相手に教える、という取り決めを作った。

約束ごとは、何でも書き入れておく。「キキに、カの薬」などと記してある。キキは犬の名だが、ちからの薬って何だ？　とカミさんにきくと、「ちからではなく、カタカナのカです。蚊の薬です」と笑う。

蚊に刺されると、フィラリアになる恐れがある。それで毎月、月初めの決まった日に、薬をのませるのだという。蚊に刺されても発病しない。フィラリア予防薬であるという。

「カレンダーに記しておかないと、つい忘れてしまいますからね」カミさんが言う。

そうなのである。私は、歯医者さんの予約日を、カレンダーに書き忘れていたのである。

これでは、気づかないのも当然である。

結局、カミさんが、三度目のおわび代人を引き受けてくれた。「恥ずかしいったらありません。子どもじゃあるまいし」カミさんが、ぐちる。何を言われても、返す言葉がない。

おわびのついでに、次の予約日も決めてきてくれた。

「今すぐカレンダーに書いておいて下さい」命じられて、その日の所に、時間と「ハ」と記したが、犬のカ同様まぎらわしいので、改めて歯と漢字で書き直した。

◉わが「特別の日」

人それぞれに、その人だけの「特別の日」があるだろうと思う。私の場合は、八月六日が、そうである。

三十一年前、高円寺に古書店を開業した。内装工事が終り、書棚に本を詰め終ったのが、八月四日であった。明日にも店を開けられる。しかし、ふと考えた。のちのち思い出になるように、特殊な日を選んで開業したい。その日がめぐってくれば、同時に自分のことを、まざまざと思いだすだろう。そこで一日置いて、六日月曜日の午前七時に開店した。広島に原爆が投下された日である。暑い暑い日だった。前日の日曜日の方が、客が来るのではないかと、周囲から言われたが、どの道、夏休みで学生の姿は町に無く、商売としては期待できない。私が何かの記念日に便乗しようと考えたのも、夏枯れの開店だから劇的なことは起こり得ない。何十年かのちには、当日の印象がきっと薄れていて、はて、いつ開店したんだっけ？　と日も忘れるかも知れない。広島鎮魂の日なら、決して忘れまい。そう計算したのである。

だから八月六日は、私の特別の日だが、いわば、作った日であった。当日は午前零時まで営業していた。私は独身であったから、はりきっていたのである。肝心の売り上げは、四千三百七十円であった。お米が一キロ二百五十円の時代だから、まあ売れた方だろう。

それからしばらくたって、私は結婚した。カミさんは子どもの時分からかわいがっていた犬を連れて、嫁にきた。カミさんの誕生日が八月六日と聞いて、偶然を面白がった。数年後、犬が死んだ。人間の年に換算すると、百歳近くまで生きたのだが、亡くなった日が八月六日であった。

やがて私は古本屋の主人から小説家になり、店番どころでなくなった。店を閉めることになった。大家さんに店舗をお返しした。

書棚を、どうするか。営業用の棚だから、べらぼうに丈がある。部屋に入らない。もらってくれる人も見つからぬ。もったいないが、こわすことにした。当日、大工さんが溜息をつきながら、良くできた棚で、つぶすのは惜しい。先輩が一所懸命に作ったものだから、何とか生かしてほしい、と言った。私の部屋で使いたいが、大きすぎてどうしようもないのだ、とこぼすと、簡単だ、切ればよい。書棚を移動したのが、偶然にも八月六日であった。

そして今年の八月六日、かつてのわが店舗は、突然解体された。マンションに生まれ変わるという。

開店の日だけは私の操作だが、あとは全くの偶然である。さすがに開店と店の解体が同日なのには、惘《ぼう》然とした。かくして、八月六日は、私だけの「特別の日」となった。

◉ 厄よけのお札を忘れた

いつの頃からか、正月らしいのは松の内くらいになってしまったが、今年などは三が日である。四日から仕事始めという人が多かったせいもある。しかし正月気分が、たった三日限りでは、いかにも寂しい。日本全国どこでも、そうなのだろうか。昔は二十日正月といって、この日は仕事を休んで楽しんだ。私のいなかでは、みそか正月と称し、一月末を正月の祝い納めとした。つまり、めでたい正月は一月いっぱい続いていたのである。正月行事も、ずいぶん減った。新学期が始まったとたんに、当り前の暦に戻ってしまった。

「あら？　お札を返しに行かなかったのですか？」

「忘れていた」

去年、私は大厄の年回りであった。近くのお薬師さままでお祓《はらい》をしてもらった。厄よけのお札をいただいた。風邪をひいたり、歯や鼻、皮膚や腰の治療に通ったけれど、年相応の故障であって、騒ぐほどの不調ではない。事故にも遭わなかった。家族も息災だった。

無事の一年を、お薬師さまに感謝しなくてはならぬ。大厄よけのお札を返納し、「あと厄」のお祓を頼まなくては。暮れにカミさんに言われていたのに、ケロリと失念していた。

こういうことは先に延ばしてはいけない、とカミさんがせきたてる。タクシーで行くことにした。ところが途中で、持ち合わせの少ないのに気がついた。厄よけ料を値切るわけにいかぬ。あわてて引き返す。カミさんがあきれて、心配だから付いていく、と言った。

お薬師さまに近づくにつれ、道路が渋滞し始めた。歩いた方が早いかも知れません、とタクシーの運転手が勧める。そうしよう、と止めてもらった。カミさんがドアを開ける。何かにぶつかる音がした。あっ、と大声を発した。どうした？　私と運転手が同時に問う。

「静電気が」

カミさんが気まり悪そうな表情で弁解した。一瞬、右腕を走り抜けたという。

「よかった、正月早々から事故か、と肝を潰しました」

運転手が胸を撫でた。ドアが商店の袖看板に当ったようである。狭い道路だった。二、三十メートルも歩いたか。

「あっ」と大声を発したのは、私の方である。

「お札！」タクシーの座席に置き忘れた。カミさんの時ならぬ声に気を奪われ、コロリと忘れてしまった。

「大変。大切なお札を」カミさんが、泡を食っている。

「まあ、いい」どうせ焚きあげてもらう札である。拾って喜ぶ者もいまい。お薬師のお札申し込み所の人に、いきさつを話すと、大丈夫ですよ、寺の名が記してありますから、当寺に届けられます、と答えた。それより新しいお札を無くされませんように、と注意された。

◉無事にお札が戻る

仕事の打ち合わせに来た知人が、みやげに団扇《うちわ》をくれた。ヤツデの葉の形をした団扇で、天狗の面が描いてある。大きく、「開運」と記され、「高尾山」とある。

東京郊外の、高尾山薬王院で売られている、天狗団扇という。正月から節分までの間しか売られていない縁起物だそうな。

知人はこれを何本か求め、新年の手みやげがわりにしているという。

「どこでも喜ばれてね」「おめでたい物だから、喜ばれるでしょうね」「一本五百円なんだ。安いみやげだよ」「値段は明かさない方がいいですよ。縁起物ですから。金額の問題じゃない」

タクシー会社から、電話が入った。お忘れ物を保管している、という。聞けば、例のお札である。お薬師さまに向うタクシーに置き忘れた、返納用の厄よけ札。

「よく私の住所がわかりましたね」と驚いた。「お手数をおかけしました。すぐに受け取りにまいります」

私は礼を述べ、カミさんに伝えた。

「これはお薬師さまの霊験というものじゃないか。こんな不思議なことがあるなんて。名前はお札に記してあるけど、住所は無いのに。タクシー会社がわざわざ調べてくれたんだろうけど」

「私が頼んだんですよ」カミさんが打ち明けた。

お役ずみのお札とはいえ、タクシーに置き忘れたことがわかっているのに、そのままうち捨てておくわけにはいかない。拾った人が気色悪いだろう。そう思い、行動した。たまたまカミさんが、タクシーの名称をうろ覚えに覚えていたというのである。道が混んでいて、タクシーが一向に進まない。少し走って止まる。止まるたび、視線が前方に行く。すると、料金表示や、運転手の身分証明書が、目に入る。運転手の名前までは記憶になかったが、会社の名称は、ぼんやりと頭の隅に残っていた。帰宅して、電話帳で調べたというのである。お参りから、三日たっていた。返事が無いから、あきらめていたというのである。私よりカミさんが喜び、私が受け取りに行く、と勇みたった。ミカンを一箱求め、それをみやげにした。運転手の皆さんに食べていただくには、甘辛に関係ない果物が無難だろう。まさか、お酒というわけにいかない。

カミさんはタクシー会社で忘れ物をいただくと、その足でお薬師に直行し、因縁のついたお札をお焚《た》き上げにしてもらった。

「いろいろとご苦労さん」と私はねぎらい、つい愚痴をもらした。「それにしても、大厄のお札は高くついたなあ」「金額のことは言いっこなし。縁起物ですよ」カミさんが、たしなめた。

はひふへ、ほうむ

◉はひふへ、ほうむ

せっかく治った風邪が、ぶり返してしまった。

きっかけは、「日朝国交正常化交渉」である。その席で明らかにされた、拉致《らち》された人たちの消息である。テレビでこもごも訴える、ご家族の無念の言葉に、もらい泣きしてしまった。何と、むごい話だろう。

拉致されて、二十数年の歳月を、おのが身に重ね合わせてみるがよい。横田《よこた》めぐみさんが、中学校の下校時にさらわれた年、私は二十八歳で、古本屋の開業準備に夢中だった。翌年の夏、五坪の店を開店した。念願の独立を果たして浮かれている頃、このたび発表された被害者十四人のうち、多くのかたたちが、連れさらわれていったのだ。

それからの二十数年を振り返ると、さまざまの出来事があった。しかし、横田さんたち十四家族には、たった一つの、恐ろしい出来事しか無かったわけである。

めぐみさんのお母さんは語った。「いずれ人は皆死んでいきます。めぐみは犠牲になることで、濃厚な足跡を残した。そう思うことでがんばります」

いつかは死ぬに決っている人間が、こんなむごいことをするのである。人の命を何とも思わぬ人間は、自分が近い将来死ぬとは夢にも考えないのだろう。

無性に腹が立つ。大体、めぐみさんの娘に会った、という外務省の者は、何をしてきたのだろう。

写真も写さず、録音もとらず、めぐみさんの写真と、バトミントンのラケットだけを見せられて、何を確認してきたのか。子供の使いじゃあるまいし、要するに、他人事なのである。親の身になって動けばよいものを、思いやりというものが無い。前から家族たちが直訴しているのに、調査の依頼を門前払いしてきた。何のための外務省だ。こんな薄情で無能力な役所は無い方がよい。

怒りと涙で、熱が出てきた。私は泣くと、必ずといってよいほど風邪を引く。涙が出てくる映画や小説は、禁物である。かくて、あえなく布団の中。うつらうつらしていると、子供たちの声が聞こえる。わが家の近くの道は、小学生の通学路で、今しも下校の時間らしい。男の子数人が、大声を張り上げて通る。

「あいうえ、おかあさん」と言っている。「かきくけ、こども」と別の子が言う。「さしすせ、そふぼ」と違う子が続ける。「たちつて、とうさん」とまた異なる声がする。「なにぬね、のんきな、はひふへ、ほうむ」とこれは何人かが声を揃えた。「ほうむ」は、家庭のことだろう。子供たちの即興の文句か、何かに出ているのか。「なにぬね、のんきな、はひふへ、ほうむ」

口ずさんでいるうちに、涙があふれてきた。

◉ 映像と活字

映像は、正直である。

故郷に戻った拉致被害者（他に何か言いようが無いものか、考えるのだが思い浮かばない）の五人は、日ましに、すてきな顔に変っている。険が、取れた。どんな処遇をされていたか、表情の変化で、推し量れる。私が気になるのは、皆さんの歯が悪そうなことである。栄養の状態なのか、あるいは向うでは歯科医に診てもらうのがむずかしいのか。歯科医が少ないのか。

活字で読めば何でもないことが、映像で見ると、ドキン、とする。

たとえば、曽我《そが》さんの、帰国第一声である。

「とても、会いたかったです」

テレビを見ていた者の大半が、あまりに短く、そっけない口調なので、あっけにとられたはずだ。けれども、翌朝の新聞で、この一言を、改めて活字で見ると、そうではない。これは曽我さんの、悲痛な叫びである。これ以外に表現しようのない、待ちこがれた者の言葉なのだ。テレビで見たあとで、活字を見るから、そんな感じがするのか。

逆もある。地村《ちむら》さん（高倉健《たかくらけん》に似ている）が、小浜市民体育館の記者会見で、長い挨拶をした。

飛行機から降りて、身内の者と再会した時に、兄が目の前にいるのに、わからなかった。以前の面影を探していたので、気づかなかった。その時に、二十四年間の時の隔たりを、しみじみ感じた、という、まことに、すばらしいスピーチだった。この中で地村さんは「拉致問題」という言葉を使われた。おそらく地村さんが最初に口にされたと思うが、テレビで見ていると、拉致を「らっち」と発音された。らちでも、らっちでも、間違いではない。ただ、らっちという言い方は、古めかしいかも知れない。昔の人は、らっちと発音していた。それで、私は、おや、と聞き耳を立てたのである。しかし、この言葉は、新聞では、単に拉致と採録されている。活字からは、地村さんの発音がわからない。

曽我さんの新潟県真野町役場での挨拶も、感動的だった。曽我さんは新幹線の中で書いたという、詩のような文章を読みあげた。

「今、私は夢を見ているようです」と言い、「人々の心、山、川、谷、みな温かく美しく見えます。空も、土地も、木も、私にささやく。『お帰りなさい。頑張ってきたね』だから私も嬉しそうに、帰ってきました。『ありがとう』と元気に話します」と続けた。

翌日の新聞で確かめたら、「だから私も嬉しそうに」で切り、次が『帰ってきました。ありがとう』のセリフなのである。活字を読んでわかったのだが、この挨拶には、山や川や谷はあっても、海が無い。テレビでは気づかなかった。

◉ 意識し続けること

日朝国交正常化交渉なるものを、こんなにも真剣に、緊張して見守ったことが、かつてあっただろうか。政治の呼吸を、かくも熱く感じた時があったろうか。大体、拉致問題を、他人事のように見ていたのではなかったか。そういえば、ついこの間まで、新聞には、「拉致」が「ら致」と表記されていた。今では、小学生でも、正確に読めるし書ける。

皇后さまが、お誕生日に、記者会の質問にご回答された文章を思い出す。

「何故私たち皆が、自分たち共同社会の出来事として、この人々の不在をもっと強く意識し続けることが出来なかったかとの思いを消すことができません」

私自身、たとえば横田めぐみさんのお母さんが、手記を出版していることを知らなかった。いや、広告を目にしていたのだろうが、気にも留めなかった。読んでみよう、と思わなかったのは、拉致問題が身近に感じられなかったせいである。自分たちの出来事、と認識していなかった。

遅ればせながら、読んでいる。横田早紀江《よこたさきえ》著、『めぐみ、お母さんがきっと助けてあげる』(草思社)。

めぐみさんは、幼児の時から本が大好きだった。お母さんは、昔話や民話の本を読んで聞かせた。何回も繰り返したので、めぐみさんはすっかり暗記してしまい、本の通りにしゃべった。

小学校を卒業する時には、学年で一番たくさん図書室の本を借りていた。コミックも好きだったし、おとなが読む文学書や探偵小説など、何でも片っぱしから読んでいた。

私は本が好きだという人の文章を読むと、手もなく感動してしまうのである。

めぐみさんは六年生の時、自分の将来について、こう記している。「私がいくらこうなりたいと思っても、三年、五年たつにつれて気も変わり、思っても見なかった方向に進んでいるかもしれないから、（私はこうなりたい！）とは言いきれない」

その通りに、なってしまった。めぐみさんの理想とする「能力と夢と現実につながった将来」とは、全く裏腹に変ってしまった。めぐみさんの人生を理不尽にぶちこわしたものに、激しい憤りを覚える。

札幌の祖父を慕い、別れる時、めぐみさんは祖父の腰に抱きつき、「おじいちゃん、一人になるの？　でも寂しがらないでね。頑張ってね」と泣いた。めぐみさんのお母さんは、テレビで決して、泣き顔を見せない。一生分の涙を流してしまったのだろう。

私たちに何が出来るか。私たちは、どうすればよいか。差し当たって、出来ること。皇后さまのお言葉の、拉致された「人々の不在をもっと強く意識し続けること」、これだろう。

◉ 戦争下の犬猫

畳に新聞をひろげて、かがみこむような姿勢で読んでいると、猫がいきなり新聞に腹ばってしまった。そこへ、猫と同じ図体の犬が駈け寄り、猫の傍らに、同じような恰好を取る。私は新聞の戦争記事を、読んでいたのである。

「動物なりの抗議かねえ」とカミさんに言うと、カミさんが笑う。

「やきもちですよ」

「やきもち?」

「新聞にばかり目を注いでいるから、やっかんでいるんですよ。自分の方を見てほしいんですよ」

「なんだ。てっきり、ダイ・インかと思った」

戦争反対デモで、地面に横たわり、死者の形をする。

わが家の犬と猫は、すこぶる仲が良い。追いかけっこをしたり、取っ組みあってじゃれあうけれど、けんかはしない。同い年だが、雌猫の方が、雄犬より堂々としている。遊びたくなると、猫が犬にちょっかいを出す。面倒くさそうに、犬が誘いに乗る。遊んでいるうちに、本気になる。すると猫が、「一抜けた」と、急に興ざめたようにやめてしまう。あくまで遊びなのだよ、という顔つきである。犬の方は、狐につままれたように、キョトンとしている。

戦争なんて馬鹿なことをするのは人間だけで、犬猫にも劣る。アメリカの大統領は二匹の犬を飼っていて、かわいがっているようだが、犬たちに教えられることがないのだろうか。犬の言葉が通じない飼いぬしに、かわいがられる犬も、つらいだろう。

バグダッドにも、むろん、動物はいるだろう。爆音に、どんなにおびえていることだろう。以前、わが家にいた犬は、子供たちが興じる花火の音にも、ふるえていた。雷が鳴ると、この世の終りであるかのような、恐怖の悲鳴を上げた。テレビから流れるミサイルの音を聞いたなら、腰を抜かしたろう。電話のベルにも、驚いて逃げるくらいだったから。

イラクの動物は、「なま」の砲声を耳にしているわけだ。テレビは、夜空に破裂する映像しか、流さない。防空壕に身を寄せあっている市民の姿を、うつさない。老人や子供や動物を、伝えない。私たちはテレビゲームの戦争を見ている。

コメンテーターのもっともらしい話（何だか嬉しげである）にうんざりし、ビデオにとっておいた早坂暁《はやさかあきら》氏の傑作『夢千代日記』を見る。吉永小百合《よしながさゆり》が、ういういしい。

広島で被爆した母のロマンスを知る夢千代。「死ぬかも知れない」と出征を告げる若者に、私を抱いて下さい、と迫った未婚の母。あなたは私の中で生きます、と言う。そして生まれたのが夢千代だった。

戦争のさなかに、五十数年前の戦争ドラマを見る。何一つ変らぬ。

◉ 節約から戦争へ

斜め向いの乗客が、駅弁をひろげた。新幹線の、昼どきである。二十代半ばの女性で、京都から乗車した。連れは、いない。

弁当は、たぶん幕の内と思われる。内容はわからないが、幕の内ではないか、と私が推測したのは、女性が、開けた折りのフタの、内側に貼りついた飯粒を、気にしているからだ。幕の内弁当は、どういうわけか、フタの裏に飯粒がけっこうくっついている。大抵の人が、そんなものに見向きもせず、折りに敷き、さっさと弁当を使いだすのだが、私はいつも気になってならない。だから、人が駅弁を食べていると、その様子をつい、見てしまうのである。

どうするか、とそれとなく注視していると、女性客は割り箸で、ひと粒ずつつまんでは、口に入れ始めた。フタに付いた飯粒を、丹念に食べている人を、目にするのは久しぶりである。

女性は、別に人目を気にしている風は、ない。当り前の表情で、ゆっくりと、つまんでは口にしている。何だか、楽しんでいるようにも見えるのは、女性がその動作に没頭しているみたいだからだ。なつかしいものを、見たような気がした。

お米を大切にする。物の無い時代に育った私は、そんなこと、当然の話だった。今でも、たとえば盛夏に、すえてしまったご飯を捨てる真似はしない。洗って、ぬめりを落して、食べる。ご飯というものは、多少腐っても、中毒はしない。

昭和十三、四年ごろ、「お米を節約しよう」というポスターが、町のあちこちに貼られた。政府が唱えたことだったが、だれが米をむだにするものか、日頃から節約している、と庶民はあざ笑った、という。

米の節約宣伝は、実はのちに行われる配給制度の伏線だったが、庶民は知るよしもない。昭和十五（一九四〇）年、一杯飲み屋に、次のような貼り紙が掲げられた。「時局談はなさらぬように願います」。時代は戦争へと進む。「原料不足のため、当分の間『かけ』は、一人一個までに願います」とこれは銀座の蕎麦店。「燃料不足のため、モリカケ二つ召し上がる方は、一度にご注文下さい」こちらは別の店。

昭和十七年になると、こういう貼り紙に変っていく。「電力不足のため御一人客は御用捨下されたく候」。翌年になると、飲食店はガス電気節約のため一日二時間の営業となる。貼り紙も、「長座はごかんべん願います」。そしてこれは某喫茶店の貼り紙。「迷惑ですから忘れ物はしないで下さい」。誰もがヒステリックになる。これが、戦争の実態である。戦況より、町の貼り紙を読んだ方が、わかりやすい。

貼り紙の例は、秋山安三郎《あきやまやすさぶろう》著『町の随筆』による。貴重な証言である。

◉ 昔の貼り紙

先にご紹介の秋山安三郎著『町の随筆』は、昭和二十三（一九四八）年二月に、六興出版部から出た。

秋山氏は明治十九（一八八六）年・東京浅草の生まれ、新聞記者だった。少年時代、作家を志した人だけに名文家であり、また目のつけどころがユニークなのは、前回紹介した通りである。戦時中の町の様子を、種々の貼《は》り紙で描写した。

以前、私は昭和初期の不況時に出現した、町の紙芝居屋さんの世界を小説に書いた。その際、目につく限りの紙芝居文献をあさった。秋山安三郎氏の名が、ひょんなことで出てきたのである。

戦時中、定年を迎えた氏は、紙芝居製作会社に雇われる。脚本家や画家を、指導する立場である。いわゆる国策紙芝居作りである。短い期間の在籍だったらしく、格別の話題を書いていない。

紙芝居屋の売る物は水アメだったのが、昭和十七年ごろは、タクアンひと切れだそうである。タクアンはサッカリンで甘く味つけしてあるので、子供が喜んだらしい。

私は秋山氏の著書を、ずいぶん読んだ。紙芝居の事を知りたくて読んだのだが、次第に氏の絶妙の話術に魅せられた。東京っ子だから、東京のこと、東京の言葉について、多く書いている。好奇心旺盛な人で、それも、人が見過してしまうような所を細かく見ているから、面白い。

たとえば、終戦直後の銭湯の話。銭湯には小桶がなく、浴客は小桶代用のバケツや空き缶を抱えていった。履き物は着物と一緒に脱衣かごに入れておく。盗まれるからである。湯槽の羽目板には、こんな貼り紙があった（よくよく貼り紙に関心のある人である）。

「入浴中も着物に御用心下さい」

一体どうやって用心するのか。

銭湯につきもののペンキ絵は、剝げたままで、わびしかった。

このころ、軽井沢駅のホームには、あちこちに、「立ち小便禁止」の貼り紙があったという。汽車の乗客が放つためである。満員で身動きできない。皆、我慢しているから、駅に停まると、いっせいに下車して、その辺ですませてしまう。窓から放水する者もいた。従って貼り紙は、乗客に向けて掲示されていた。

こちらは昭和十八年六月頃の電車やバスの掲示だが、「傷痍軍人、老人、病弱者には席を譲りませう。席を譲られたら礼を云ひませう」とあった。

礼を言わない人が増えたわけではは、あるまい。教訓めいたことを述べたくなるのが、戦時下の特徴なのだろう。このポスター、弱者をいたわっているようで、実は、なぶっているのである。

◉ 選挙が終わった

よほどのことがない限り、選挙の投票は欠かさない。義務とか権利とか主義とか、そんなつもりからでなく、単純に、行くのが楽しいのである。

私の地域の投票所は、中学校である。選挙の時だけ、大っぴらに学校に入れる。教室を、つかのま、のぞくことができる。子供がいない私には、これは実にワクワクする時間なのである。

へえ、机の形は今はこうなのか。ずいぶん小さい。それに数が、少ない、黒板という物は変らないものだ、と思いながら、壁に貼られた中学生の図画や書を、ながめてくる。

四十数年前の、自分の中学生時代を、思いだす。思いだす、といっても、良い思い出ではない。びろうな話だが、小中学校を通じて、私はトイレに苦労した。学校というと、トイレしか思い浮かばぬ。

休憩時間に、「大」をすませることができず、あんな苦しいことはなかった。今はどうか知らないが、昔は男女兼用のトイレしか無くて、「大」をしたくとも、女生徒がドアの前に列を作っている。そこに並ぶ勇気は、ない。大体、女子用のトイレを、男は使ってはいけないのだ、と思いこんでいた。いよいよ耐えられなくなると、腹痛を申し立てて早引けした。腹痛は、嘘ではない。脂汗を流している。今考えると不思議なのだが、級友たちはどうしていたのだろう？　現在の小中学生たちには、こんな悩みはあるまいと思うが、投票会場のトイレまでは、さすがに検分していない。

さて選挙だが、どのような候補者に投票するか？

私の場合は、いとも簡単である。ポスターの顔写真を、ひと通りながめる。もっとも人相のよろしい人に、投票する。気にいらない顔ばかりだったら、白紙投票する。政治家は人相で判断できること、テレビを見ているとわかる。悪いことをする者は、悪い顔をしている。お金にしか関心のない者は、いかにも銅臭ふんぷんの容貌をしている。顔は、ごまかせない。

とはいえ、顔で選ぶ人は私一人のようで、悪事を働く政治家が絶えることはない。政治を変えるのは、容易ではない。

伊藤痴遊《いとうちゆう》は明治の自由民権運動の壮士で、のち政治家であり講釈師、三十巻もの全集のある人だが、外務省を「無知無能にして妙に気取る徒輩の集会所」と罵り、これからの日本人は、外務省ばかりに任せず、「世界に関する知識を大ひに磨いて、自ら進んで行く覚悟」を持つこと、「さうすれば自然、外務省の改革も行はれて、満足の出来るやうな外交政策を視ることも出来やう」と言う。

実際、そうだろうか。痴遊のこの発言は、八十年前の大正十二（一九二三）年なのである。

◉ 6日のアヤメの話だが

六日のアヤメ十日の菊、という。五月五日の端午の節句に飾るアヤメ、九月九日の重《ちょう》陽《よう》の節句に供える菊。いずれも翌日では役に立たない。時期遅れのことをいう。

六日の午後、ゴミ集積所に、切り花のアヤメが捨てられてあった。花は萎《しお》れている。だから捨てたのだろうが、茎は生き生きしている。

花アヤメは一本の茎に二つ花を咲かせる。終った、と思って、捨ててはいけない。萎れた花びらを除くと、そこからまた新しい花を咲かす。私の故郷は、アヤメの名所、水郷潮来《いたこ》の隣だから、おなじみの花である。花アヤメの習性を、花屋さんは客に教えないのだろうか。もったいない。「六日のアヤメ」のことわざを枕にすえたのは、実は花の話をするつもりではなかった。

端午の節句というと、毎年、思いだすのである。一度エッセイに仕立てよう、そう手ぐすね引いていながら、つい、時期を失してしまう。

どういうことか、というと、戦時中、某新聞社が、毎週、水、金、日曜日の三回、「焼付版」なるものを発行していた。ハガキ大の、ニュース写真である。月決め一円で、配達してくれる。

昭和十八（一九四三）年四月四日発行の第八八八号の写真は、五人のお母さんが、それぞれ赤ちゃんを抱いて、笑顔であやしている光景である。

写真の右横に、短い説明がある。

「東京中野区野方町の三谷町会二十九隣組の五軒つづきの家から一人づつ、五人の兵隊が勇ましく誕生した。お母さんは二十三歳から三十六歳までの元気もの」

確かに、これは、ニュースであろう。五軒並んだ家から、赤ちゃんが誕生した、というのだから。「五人の兵隊が勇ましく誕生」とは、戦争中らしい文章だが、私が気になったのも、これなのである。

私は昭和十九年生まれだが、早生まれなので、小学校では前年生まれの者と同窓だった。すなわち、写真に写っている赤ちゃんは、私の友だちである。

未来の兵隊さん、と書かれた五人は、ご健在だろうか？

端午の節句になると思いだすのは、五という数字のせいに違いない。

無事の人生を送っておられるだろうか。お母さんがたは、一番お若くても現在は八十四歳である。

何というか、写真の五組の母子は、実に平和な笑顔をしているのである。日付が明示されていなかったら、とても戦争末期のある日とは思えない。説明文が無ければ、戦後の赤ちゃんコンクールのひとこまである。五人の男児は、誕生月が同じなのではないか、と見受けられる。

◉払い終わった者の怒り

筆者はこの三月、還暦を迎えたので、社会保険事務所長様より、おはがきをちょうだいした。現在、話題沸騰中の、「国民年金についてのお知らせ」である。

二十歳から続けてきた年金の払い込みが終了したとの知らせだが、こんな文面である。なお払い続けているかたに参考になろうか、と思うので、ご紹介する。

「あなたは、平成16年3月30日をもって期間満了日に到達し国民年金の保険料を納付できる期間が終わりましたのでお知らせします。（注）この通知の『納付月数』には、発行日の直前に納められた保険料は含まれていないこともありますので、ご了承ください」

（注）の意味が、よく、わからない。発行日とは、何のことだろう？　この通知状をさす

のであるか。だったら直前に保険料が払われているかどうか、確かめたうえで通知をするべきだろう。自分のズボラを棚に上げ、ご了承下さい、はそりゃないよ。大体、「お知らせ」なる文面が面白くない。「国民年金の保険料を納付できる期間が終わ」ったとは、お上意識も、はなはだしい。

と当りたくなるのも、「未納議員」の「芋づる式」に、カッカとしているせいである。恐らく国民年金を制定した当時の議員も、納めている者は少なかったのではないか、と考えたくなる。要するに、金持ちは国民年金に加入しなかったのだ。微々たる保険金を当てにするなど、チャンチャラおかしかったろうから。貧しい者が、むしろ苦労してせっせと払い込んでいたのだ。加入者が怒るのも無理はないし、未加入者が増えるのも、これまた道理なのである。それにしても、四十年間、せっせと払い込んできて（筆者の場合、五十八カ月の未納期間がある。払いたくても払えなかった貧乏生活の頃である）、ありがとうございました、ご苦労さまでした、でもない社会保険事務所の「お知らせ」は、何ともそっけない。

しかも、「六十五歳に達したときに受給権が発生し、裁定請求を行っていただくこととなっております」である。「受給権が発生」である。「裁定請求」を行え、である。忘れてしまってたらどうする？　ぼけないとだれが保証できよう。第一、六十五歳まで元気に生きられるかどうか。

そう考えると、国民年金なるものは、長生きした人だけが得をする制度なのである。長命に自信のない人は、加入しない方がよい。私は「受給権」の年まで生きる自信が無いから、今まで払い込んだ金を全額返してもらいたい。現在の加入者にすべてそのような処置をし、新しい制度の国民年金を考えたらどうか。未納議員の言い分やお知恵も拝借して。

◉二つの日常がある

ひどく疲れた。一日が、長かったようであり、短かったようでもある。

二〇〇四（平成十六）年五月二十二日である。朝七時から、夜中の一時まで、ずっとテレビにかじりついていた。日朝首脳会談である。マリナーズのイチロー、二千本安打成るか、である。あと二本と迫っている。

会談は、一時間半で終わってしまった。イチローの記録も、続けざまのヒットで、あっという間に達成してしまった。一方は失望、一方は歓喜である。落胆と万歳。疲れるはずである。

横田《よこた》めぐみさん他、死亡とされた人たちの再調査だが、果たしてこちらの思惑通りに運ぶのだろうか。何カ国かの捜査機関に加わってもらい、大がかりに進めないと成果は望めないのではないか。

それにしても、一時間半、という会談は、短すぎる。交渉にならないだろう。前もってシナリオが作られていたのではないか、と勘繰られても仕方があるまい。

拉致問題は、首相しか解決できないのである。外務省が頼りにならぬことは先刻承知、民間人で交渉できる者もいない。首相だけが、望みなのである。

しかし、会談は終わってしまった。いつまで愚痴っていても、実りはない。今後、私たちはどうするか、だ。何はともあれ、蓮池《はすいけ》さん地村《ちむら》さんの子どもさんを返してもらったことは、朗報だ。率直に、喜びたい。

曽我さんは気の毒だったが、何らかの形で近々、家族との再会はかないそうだ。

問題は、闇に葬られようとする、他の拉致された人たちのことだ。私たちは、この人たちの消息を、決して忘れてはなるまい。常に、返せと声を上げ続けることだろう。

相手にとって何より手ごわいのは、国民の関心である。首相の権力以上に、名も無い民草の怒声の方が、はるかに相手をひるませるはずだ。私たちは拉致被害者全員の消息がはっきりするまで、忘れまい。そういう心構えで、いよう。

といつになく力が入ってしまったが、実をいうと自分に愛想がつきたのである。日朝首脳再会談をかたずをのんで見守りながら、そうして拉致された人たちに同情を寄せ、一体どうなることかと心配しながら、一方で、イチローが二千本安打を無事に打てるだろうか、とやきもきしている。

政治に文句をつけつつも、自分の楽しみに我を忘れる。これが庶民だ、と言ったら、逃げ口上に過ぎるだろうか。なに、私が、だめなのである。六〇年安保（一九六〇年＝昭和三十五年）の時、映画館は満員だった。映画館を出ると、街頭では激しいデモが行われていた。二つの日常がある、と知った。

疲れるわけである。

◉ 竹馬と火吹き竹

アジサイが咲きましたよ、とカミさんが報告した。いよいよ梅雨入りですよ、と何だか、はしゃいでいる。また暑い夏が来るのか、とこちらは浮かない気分である。熱を出して、床の中にいる。季節外れの風邪を引いたものだ。日朝首脳再会談のテレビ中継を見ていて、泣いた。とたんに、やられた。風邪っぴきの私は、涙が引き金になる。涙は、禁物なのである。

それにしても、拉致家族会へのバッシングは、どうだ。日本人はいつから、不幸にある者は主張するな、泣いていればよい、といじめの構造に変化してしまったのだろう。このねじくれた感情が、やがて地村《ちむら》さん蓮池《はすいけ》さん家族に、嫉妬《しっと》の形で向かわねばよいが、と心配だ。

友人から電話があり、竹馬の作り方を教えてくれ、という。夏がもうじきというのに竹馬か、と驚いたら、竹馬って、冬の遊びなのかい？　と反問された。あれ？　正月の遊びでなかったっけ？　とこちらも、しどろもどろである。何しろ五十年も昔に興じた遊びだ。

子どもさんがテレビで見て、せがんだという。古い物干し竿《ざお》の竹を利用して作ったが、足をのせる台がずり落ちてしまう。「竹の節を支えにしなくちゃだめだよ」と教えてやった。まず台の位置が左右均等になるよう、二本の竹の節を揃《そろ》えること。大事なことは、子どもさんが台にのった時、竹の長さが背丈以上あること。短いと顔を突いて危険である。

友人から報告があった。台はできたが、上手にあやつれないという。足指の間に竹を挟む、同時に手と足で竹を持ち上げる。この一連の動作にまごつくらしい。「指で挟むのが苦手なんだ。足袋をはかなくなったせいかねえ」と友人が苦笑した。「よく竹の竿があったわね」カミさんが妙なところに感心した。

大西貢《おおにしみつぐ》著、幼年詩集『にじいろ　えいが』（けやき書房）を読んでいたら、こんな詩に出会った。「おばあさん、／これ、ぼくがこさえた　火吹き竹だよ。／うん、この竹はね、／だめになった　ほうきのえだったの」なつかしい。火吹き竹を知る世代は限られるだろう。竹ぼうきさえ、身近にない。詩はこう続く。

「かた目つぶって、／日光を入れては　のぞき、／のぞいては　ねらったよ。／うん、かまどの長火ばしでね、／こんなふしを　二つも　ぬいたの。／すみっこも　ちゃんと　ぬいたよ」

こんな風に細工した世代は更に少ないだろう。先端の節は錐《きり》であけ、吹き口には紙ヤスリをかける。さて効果は？　「青いほのおが、／めらめら、おなべの底　なでまわして、／ドルドル　ボオーッ！／えんとつが　雷みたいに　鳴ったよ」

◉ 桜「宣言」に腹立つ

桜が咲いたので、腹を立てている。いや、舌足らずの言い方だった。桜が咲いたと騒いでいるので、腹を立てている。

いつ頃からだろう、気象庁の「開花宣言」なるものが、大仰に、日々のテレビをにぎわすようになったのは。桜だけではない。「梅雨入り」「梅雨明け」もそうだ。「春一番」「木枯し一号」「初雪」しかり。

桜の花びらが五つほど開いたので、東京の桜がようやく咲きました、と気象庁の職員がおごそかに「宣言」する。五つ以上開かないと、開花を認めないのだそうである。職員の挙動を見守る人々が、いっせいに拍手する。

何とばかばかしいセレモニーか、と腹を立てているのは私ばかりでなく、今日ちょうだいした知人の手紙にも、同様のふんまんが述べられていた。誰でも自分で実感できること、お上に「宣言」してもらう必要はない。

そうなのである。よけいなお世話なのである。

私が腹立たしいのは、私たちの日常の挨拶に、「お上」が介入してきたことなのだ。

「ようやく、咲きましたね」「おや？　どこの桜？」「まだ二つか三つですけどね。ほら、近くの、どこそこの桜ですよ」「本当？　行ってみます」

といった挨拶が、できなくなった。

「ようやく咲きましたね」「ええ。宣言が出ましたね」

という工合に、何とも味気ない。

つまり、お上は、庶民の風流にまで割り込んできて、偉そうに口出しし、仕切るようになった。挨拶の言葉を奪い始めたのだ。「宣言」なるもので、挨拶を全国均一にしようとする。私たちもいつの間にか、それを当り前のように思い、「宣言」を待つ始末である。これが、こわいのだ。

桜が咲いたかどうかは、誰にもわかることである。あたたかくなれば、自然に咲くのだ。お上の言葉を待ち、言葉を聞いて納得するなんて、情けないではないか。テレビも、だらしない。開いたか開かないか、カメラでのぞけば、わかるはず、言葉は必要あるまい。むしろ、早咲きの花を見つけだして、気象庁よりもひと足先に、開花を知らせる方がニュースになろう。私が腹を立てているのは、桜が咲いて喜ぶ人ばかりではあるまい、ということもある。福岡西方沖地震の、いや福岡だけでない、昨年の新潟中越地震の被災者も、花に浮かれる気持ちになれないだろう。こういう人々に思いを至さない、お上の無神経が、いやなのである。

「ようやく咲きましたね」「本当に」。季節の挨拶は、普通の言葉で、さりげなく交わされるものであろう。

❖移動図書館の猫

◉ガルボと歌右衛門《うたえもん》

私の誕生日は三月三十一日だが、人に聞かれると、冗談で、四月一日です、と一日ずらしている。

つまり、エープリルフール、四月馬鹿のしゃれ。誕生日を一日ずらすのは、わが家の習いでもある。

というのは、両親がそうで、二人とも冗談でなく、実際に一日ごまかして役所に届けられている。

母は元日生まれだが、その年は干支《えと》で丙午《ひのえうま》に当るので、前年の大みそかに誕生したと届けられた。丙午の女性は夫を食う、という言い伝えがあったのである。縁遠くなるのを恐れて、親が出生日をごまかしたのだが、母のような例は多かったと思われる。

父の方は元日に生まれたのに、戸籍には二日で載っている。実におめでたい誕生日のはずだが、年の初めの出生は、めでたさが重なり良くないことが起こる、そういう妙な理屈で一日ずらされたらしい。昔の人は、何を考えているのか不可解である。

私は三月三十一日の何時ごろ生まれたのか、肝心の母に確とした記憶が無かった。「朝だったか夜だったか、陣痛で、それどころじゃなかったよ」と他人事のようである。「もしかして、四月一日じゃないの?」と聞くと、「戸籍に出ている日付が正しいに決まっているさ。お上が書くのだから」

そう答えたが、当てにならぬことは、父母の例にある。しかし、四月馬鹿の俗習は、両親とも(少くとも母は)知らなかったに違いない。

昨年の私の誕生日には、雪が舞った。満開の桜に、牡丹雪である。そして翌日は、暖かな花見日和になった。大阪の友人から電話があって、こちらは夏の日差しだ、と言った。

歌舞伎の中村歌右衛門《なかむらうたえもん》が前日亡くなられた。スターのグレタ・ガルボが歌右衛門に恋文を送った話は有名である。文面は、「ラブ、ラブ、ラブ」という。その話になった。「歌右衛門がガルボに、何と返事したか知ってる?」「え? 返事を出したの?」私は初耳である。

「当然出すだろうよ。出さなくちゃ失礼だ。ガルボの面目をつぶすじゃないか」「で、どんな文句を?」「これが歌右衛門らしい。つばさがほしい羽根がほしい、飛んで行きたい知らせたい。とこうだ」

「勝頼を慕う八重垣姫だな」当り芸の一つである。「いいねえ。ラブ、ラブ、ラブもガルボらしいが、歌舞伎のセリフで返事をするのが歌右衛門らしい」

大いに感激していると、電話の向うで友人が哄笑した。「今日は何の日だ?」

「えっ?」まんまと一杯食わされた。

「小説家をだました。そうそう、誕生日、おめでとう」

◉偶然の茶話に驚く

私の一日は、一杯の緑茶から始まる。

あんまり熱くないお茶が、好きである。ちびりちびり、たしなむのでなく、ごくり、と水を飲むように飲みたい。ぬるい茶でなくては、いけないわけだ。ごくりごくり、と一日におよそ二十杯は飲む。湯のみの大きさは普通だが、急須は一回で五人分ほど入れられる物を使っている。

実は私には腎臓結石の持病がある。おなかに石が出来る奇病である。石を大きく育ててしまうと、やっかいな羽目になる。砂粒大の時に、オシッコと共に、体外に流してしまえばよい。理屈から言えば、オシッコの量を増やすに限る。何が一番オシッコを作るかというと、水分をとることである。

ドクターに、ビールをじゃんじゃん飲みなさい、と勧められた。大っぴらにビールを飲んでいい、唯一の病気だそうである。飲んべえには実にありがたい病気だが、かといって朝からビールをきこしめすわけにもいかない。石は流れても、アルコール中毒になってしまう。ビールのかわりに水で構わないのだが、水は飲み過ぎると体がだるくなる。緑茶が、最適という結論になる。何杯でも飲めるし、飽きることがない。

どちらかというと、渋みの少ない煎茶が好きである。嗜好品の常で、同じ銘柄の物を飲み続けていると、おいしさを感じなくなってくる。時々、産地を変えたり、値段の違う品にしたり、する。この一年ほどは、鳥取県の茶をずっと愛用している。何だか私の舌に合うのである。

NHKの「たべもの新世紀」という番組から、お茶を取り上げるのだが、ゲスト出演してほしい、と依頼がきた。『朝茶と一冊』という著書で、一杯のお茶と、一冊の面白い本があれば、他に何にもいらない、と書いたのである。私の一杯は、湯のみに一つだけ、という意味でなく、たくさんの量をさすわけで、すなわち一日二十杯以上である。スタッフは、そこに目をつけたようだった。お茶の大好きなゲストでなくては、まずいのだろう。

出演日の前夜に、台本が送られてきた。開いてみて、驚いた。番組で取り上げる茶の産地が、鳥取県である。もっと驚いたのは出演者が、私の飲んでいる茶の生産者なのである。茶の袋に印刷されている名前である。全くの偶然だが、こういう偶然はありうるとしても、こうしてエッセーにつづると嘘《うそ》くさいだろう。ひやかすことを茶にする、というが、茶にされそうだ。

太宰治《だざいおさむ》に、一杯の茶をすする詩がある。「お茶のあぶくに／きれいな私の顔が／いくつもいくつも／うつっているのさ／どうにか、なる」

◉ 家族を食べる鰐の話

風邪を、ひいた。連日三十四度五度の猛暑にあえいでいたのに、急に十数度に下がるのだから、たまったものではない。長袖のシャツを着るひまもない。ひいてしまったら仕方ない、こじらせないよう、おとなしく薬をのんで床に入る。読もうと思っていた本を、枕元に積み上げておいて、ひと寝入りする。

本に手がのびるようなら、風邪っ気も抜け始めた証拠である。レオポール・ショヴォ原作、山本夏彦《やまもとなつひこ》訳『年を歴《へ》た鰐《わに》の話』（文藝春秋）を開いたのは、本が薄くて、活字が大きく、片方のページに挿絵が入っているからである。体の調子が悪いと、厚い本は読む気になれない。

山本夏彦氏が亡くなられた時、新聞に辛口コラムニストとあったが、あえて氏に肩書を贈るなら、文章家といいたい。先の翻訳書は氏の最初の著作で、稀代の名文として知られていた。ところが読むことができなかった。昭和十六（一九四一）年刊の初版や戦後の再版は、古本屋でも見かけない「幻の本」である。山本氏はなぜか生前、復刊を許さなかった。その謎を探るためにも、まず本書を読んでみなければならぬ。

読んだ。謎は解けたか？　否。私はボー然としている。何という物語であろう。

ここに、書名の鰐がいる。年をとりすぎて、エサを探すことができない。食わなければ死ぬ。彼は何を考えたか。家族を食うことに決めた。家族なら、警戒しない。体が弱って、ろくろく動けない彼にも、襲うことができる。そして彼は孫を食べてしまうのである。当然、非難される。当り前田のクラッカーである。家族から、つまはじきされる。これまた当り前田だ。

いたたまれなくなった鰐は、家出をする。物語は、ここから始まる。「年とった鰐は、自分の子供、孫、曾孫《ひまご》、その曾孫の子供達の忘恩について、感慨に耽《ふけ》ってゐた時、すぐそばの砂の上に、へんな生きものがゐるのを見つけた」と、こういう文章である。これは現代の寓話であるか？　山本氏は再版の序文で、本書は童話と間違えられ誤って意外に売れた、と記し、本来は、「通人の洒落本」ともいうべき書だ、そう述べている。

山本夏彦氏は八十七歳で亡くなられた。生きている時から、しばしば自分は死んだ人だ、と書きもし言いもした。自らの過去を語ることが好きでなかったのは、死んだ人という意識があったからだろう。

ところが山本氏のご長男が『夏彦の影法師』（山本伊吾《やまもといご》著・新潮社）という本を出版された。先の本を復刊しなかったわけにも触れているが、驚くべき「鰐の話」も書いている。

◉ 恋は神代の昔から

亡くなられた名文家の山本夏彦氏には、たくさんの謎があった。前回お話した最初の著作もそうだが、青年期の行動は謎に満ちている。フランスで学んでいる三年間に、二度、自殺を試みた。ついにその理由を明かさなかった。

しかし最大の謎は、山本氏が一向に年を取らないことであったろう。私が知遇を得たのは、十三年前である。初めて面会した時、氏は七十五歳だが、とてもそのお年に見えない。十年は若く見えた。そして驚くべきことに、会うごとに若返っていく。書く内容と文章が、四十年間少しも変らない不思議よりも、私にはこちらの方がよほど怪しかった。

山本氏は日記がわりの手帳五十冊を残されていた。ご子息の伊吾さんが、『夏彦の影法師』（前出）という著書で、手帳の内容を公開した。若き日の手帳もあり、若き日の山本氏の素顔も明らかにされた。戦時中、作家の太宰治《だざいおさむ》や、版画家の棟方志功《むなかたしこう》を訪問している事実も、手帳で判明した。

山本氏が残したのは手帳だけではない。ダンボール一箱分の恋文もあった。女性の来信と、自分が書いた手紙の写しである。恋文は若い時分のものと、何と、晩年のそれである。「ぼくはあなたを喜ばしてあげたい　女の盛りはすぎますぞ」これ、八十四歳の殺し文句である。こう続く。「むろん男の盛りもすぎるはずなのに　なぜかすぎません　化け物といわれていますが　さきのことは分りません」署名は「奈の字」である。

山本氏の若さの秘密は、恋であったのだ。「男の盛り」は過ぎていない、というのが、すごい。恋文の数々を読んで、嬉しくなってしまった。少しも、いやらしくない。山本夏彦老ここにあり、バンザイ、だ。

ふと、思いだしたことがある。私が生意気盛りの四十数年前の正月、とある湯治温泉に宿泊していた。旅館の前がバス停である。正月が過ぎると、湯治客が三々五々、家に帰っていく。老人が多い。見送る者も、老人である。彼らは一カ月なり三カ月なり、起居を共にした仲間である。

「また戻ってこいよ」「××さんのように病気になっちゃいやだよ」「元気でな」「達者で会おうね」

バスの客と見送り人が、口々になごりを惜しむ。そしてバスが走りだす寸前、見送り人の間から歌が起こった。「恋をしましょう、恋をして」という、当時の流行歌「恋は神代の昔から」である。合唱は、バスが消え去るまで続いた。

旅館から眺めていた十代の私は、老人の酔狂としか思わなかったが、彼らの年に近づいた今は、生きることの切なさに胸を絞られるのである。

◉移動図書館の猫

首都圏を中心に十月一日から始まったディーゼル車規制が、書物にまで及んでいるとは知らなかった。

移動図書館である。

古い型の車が多く、新車に買い替えると、二千万円近くかかるという。そのため移動図書館を、少しずつ減らしているらしい。そういえば私の住む区でも、「たびびとくん」という名の車を、いつの間にか見かけなくなった。移動図書館なる名称も、やがて消えるのだろうか。実体が無くなれば、死語となる。移動図書館の世話になった者には、こんな寂しい話はない。昔こんな図書館があったのだよ、と形態から説明しないと通じない。聞く方も、見たことがなければ、フーン、でおしまいである。

私のいなかに初めて移動図書館がやってきたのは、昭和二十七、八（一九五二、三）年頃である。私が小学三、四年生の時だった。本の好きな父親が待ちこがれていて、音楽を鳴らしながら車が村の中心地へ来ると、私を連れて走って行った。一人三冊まで借りられる決まりで、父は私の名を使って六冊借りた。私はダシに使われたのである。

本は翌月の決められた日に返す。父は月に六冊では、飽き足らなかった。係員（運転手を兼ねていた）に頼んで、母や姉の名義で追加を認めてもらった。本当は違法だったのだろうが、一方、貸し出し実績というものがあったのだろう、内緒で承知してくれた。借りる者は私たち親子くらいだったから、内緒も何もない。架空名義が認められたので、私も名義貸しをせずにすんだ。自分の読みたい本を選ぶことができたのである。私は係員と仲よしになった。

ある日、父が病気で寝つき、私一人が移動図書館に本を返しに出かけた。運転席で弁当を食べていた係員が、君、猫をもらってくれないか、と言った。

いつの間にか、野良猫が車に乗り込んでいたというのである。弁当を使っていたら寄ってきたので、気がついた。途中で捨てるのも、かわいそうだ。頼むよ、と両手を合わせた。架空名義を認めてくれ、と懇願した時の、父のしぐさである。私は、はい、とうなずかざるを得なかった。

猫はメスの三毛で、身ごもっていた。移動図書館の人に頼まれた、と説明したら、父は何も言わなかった。

ミーコと名づけた。ミーコは、三びきの子を産んだ。

おかしいのは、移動図書館の音楽が聞こえると、来たよ来たよ、と言うように、私たち親子に鳴いて知らせるのである。

父は従来の家族名簿にミーコの名を加えた。ミーコのおかげで、三冊余分に借りられた。係員は何も言わなかったが、例の猫の名だとは察していたろう。のどかな時代だった。

◉ドタバタの元日

東京の三が日は、おだやかな日和だった。いや、正月中ずっと暖かで風もなく、好天続きだった。

それなのにわが家は、元日から、ドタバタ騒ぎをした。おとそで祝ったあと、テレビをつけたら、うつらない。リモコンが作動しないのである。大みそかの夜遅くまで、当り前に動いていたのに。テレビの方は、異常が無い。わが家のテレビは、一九九一（平成三）年の暮れに購入した。二十一インチの、普通のカラーテレビである。よく持った方だろう。さすがに色の出が悪くなり、音量も小さくなった。買いたての頃は、七か八の音量度で十分だったのに、今は二十くらいに合わせないと、よく聞き取れない。そろそろ寿命ではあったのだ。

しかし、実に切りよく、終ったものである。リモコンが駄目なら、次は本体だろう。まる十二年、よく働いてくれたものだ。家電屋さんに電話をした。明日お持ちしてはいけませんか、と恐縮している。お酒を飲んでしまったので、車の運転ができない。本日中ということなら、せめて酔いがさめるまで待ってほしい。すみません、とあやまられたので、こちらこそ恐縮した。まさか元日早々から注文が入るとは、思わなかったろう。別にテレビが見たいわけではない。正月明けで結構です、と答えた。それではのちほどカタログを持参します、と言う。家族揃ってにぎやかに正月を祝っている最中に、水を差すのは気の毒だから、カタログも後日で構わない、と断った。そもそもこちらの電話が、時宜を失した野暮なものなのである。

昼すぎ、石油ストーブがピーと鳴って停止した。燃料切れである。空気ポンプで補給する。一向にタンクが満ちぬ。入らないはずだ、ポンプの頭に穴があいて、空気がもれている。この間まで、電動で汲み上げるポンプを使っていた。ところが目盛りから目を離した隙に、汲み上げすぎて石油をこぼしてしまった。電動式は停止ボタンを押すタイミングが、厄介なのである。そこで時間はかかるが、昔ながらの赤い頭を押して汲み上げる単純なポンプ（わが家では、プカプカと称している）に換えてしまった。これの欠点は、すぐ裂けて穴があくことである。

テレビはともかく、石油ポンプならスーパーにあるから、とカミさんが買いに行った。ありがたいことに、スーパーは元日から営業している。カミさんが買ってきたポンプは電動式で、タンクが一杯になると自動的に汲み上げを停止する。本当に停まるかどうか、恐る恐る使ってみたが、実際にピタリと停止した。便利な物があるのに、知らなかった。

テレビと石油ポンプで、貴重な元日が終りけり。

◉ 還暦の赤い羽織

私は今年（二〇〇四）還暦である。初薬師にお詣りし、厄よけの護摩を焚《た》いてきた。六十歳は、大厄なのである。いや、大厄なのだそうである。私は全く知らなかった。男の大厄は四十二歳で、そのあとは無いと思っていた。昨年、やはり薬師さまにお詣りに行って、そこの掲示で初めて知ったのである。

つまり昨年は前厄だったのである。早速、厄払いしていただいた。おかげで無事に一年を送ることができた。風邪を何度かひいたり、しつこい皮膚病に悩まされたけれど、その程度ですんだのだから、薬師さまのご加護かも知れない。厄年を信じるか信じないかは、本人の気の持ちようであって、目くじらを立てることではない。

私は四十二の年に、ひどい胃潰瘍をわずらい、貧血のためトイレで卒倒した。数分間、人事不省におちいった。大厄だから厄払いをした方がよいぞ、と知友に忠告されていたのだった。日本中の四十二歳が、全員揃って病院の世話になるはずがない、と笑っていたのである。考えてみれば厄払いをすませた人は、そうでないわけだ。

もっとも厄を払ったから、厄に憑《つ》かれないという保証はない。あくまで気の持ちようだろう。厄を意識すれば、病気や事故に、おのずと注意するようになる。その心構えを教えるのであろう。

昔は還暦というと、赤い頭巾に赤い袖なし羽織を着たものだった。あのいでたちには、どんな意味があったのだろう?

「赤い着物は魔よけじゃありませんか?」とカミさんが言う。「本卦《ほんけ》帰り、というから、赤ちゃんを表しているのじゃないか?」と知人が推測する。「なるほど。それで赤いちゃんちゃんこ、か。洒落だね」大笑いした。

「昔はああいう還暦用の着物を売っていたのだろうか？」と知人。彼も私と同い年、本卦帰り組である。「今でもあるのではないかな？」と私。

「さあ、どんなものだろう？　赤い衣を着ける風習が残っているなら商売になるだろうけど」

「着てみたいね」と私。「一生に一度の晴れ着だよ。お互いに着て、記念写真をとろうじゃないか」

「では赤い頭巾と羽織を探してみるよ。ところで、どこに売っているだろう？」

「やはり、和装専門の店じゃないかな？」

「何と言って探せばよい？」「還暦用の着物じゃないかな？」

「二人が着たら、日光猿軍団そっくりですね」カミさんが大笑いした。

私たちの干支は、当然、申年《さるどし》の今年なのである。

還暦用の晴れ着は、まだ見つかっていない。

◉ DVDで映画をみる

新しいテレビが入った。二十一インチの、液晶テレビである。

わが家は、テレビをあまり見ない。だから前のテレビは十二年も、故障なく持ったのである。そうそう、例のリモコンだが、三、四日たって、何気なく使ってみたら、普通に作動した。思うに、大みそかの晩、うっかり飲み物でもこぼしたらしい。テレビのリモコンは、卓袱台《ちゃぶだい》に無造作に置いておくからである。内部に浸みた水分が乾いて、作動するようになったのだろう。今更、家電屋さんに断りを言えない。

大型の壁掛けテレビを勧められたが、こちらはお断りした。家電屋さんは、わが家のテレビ用途を先刻ご存じである。つまり、映画を見るための道具だ、と承知している。そうなのだ、わが家はビデオやＤＶＤの映画をうつす画面として、テレビを活用しているのである。映画を楽しむなら大型画面がよさそうだが、どっこい、わが家は兎小屋であって、大きいと、のけぞって観賞することになる。そもそも、映画だから大きな画面で見る方がいい、ということはない。二十一インチの画面にぴったり、と思ったのは、小津安二郎《おずやすじろう》の作品である。小津の映画は、小さいスクリーンで、こじんまりと楽しむものでないだろうか。音響もうるさくなくて、登場人物もほとんど動かない。映画の時間はすこぶるゆったりと流れており、疲れない。

そうか、昔は、こんなにのんびりしゃべっていたんだ、と新鮮な驚きがある。新しく発売されたＤＶＤの小津作品は、色彩がすばらしい。封切り映画のように鮮やかである。音も修復されて、聞き取りやすい。

一つだけ、不満がある。これは黒澤《くろさわ》明《あきら》のＤＶＤ化にも言えるのだが、黒澤や小津など世界的名声の監督作品の全集が無い。映画会社が個々に出している。

文学全集などは、初版の版元がまちまちであっても、版元の了解を得て、全作品を収録している。映画の場合、どうして各社が協力し、完璧な個人全集を出せないのだろうか。黒澤や小津は、世界みんなの文化財産、という観点が欠けているのである。

活字では、井上和男《いのうえかずお》編の小津全集が出版されている。これはこれですばらしい本なのだが、シナリオの場合、実際の映画から採録したシナリオ全集があってもよい。「東京物語」で母危篤を知った娘が兄に、喪服は持っていく？ と聞く。そのあとシナリオでは娘は帰るだけだが、映画では、もう一度娘が引き返し、兄に何か言いたげなそぶりをし、だが言わずに帰る。「お金はどうする？」と相談しようとしたのだと思う。娘のしぐさを逐一文章にしたシナリオ全集があってもよい。

◉「ヨン様」と「雷様」

私のまわりは、大抵が「ヨン様」ファンである。かくいう私も、その一人だ。

最初は、夫人がただだった。カミさんが夢中でねえ、と皆、苦笑していたのである。暮れに「冬のソナタ」を見て、にわかに、はまってしまった。ビデオで一気に見て、風邪を引いた者がいる。たぶん泣いたためだろう。

「冬のソナタ」は、何より物語が画白い。あの映画に流れている、ゆったりとした時間が心地よい。助平ったらしくないのが、よい。

かくて夫婦で「ヨン様」命、である。いい年をして、と目くじらを立てる者もいるけれど、昔から芸能の世界は、熱狂的な追っかけで支えられていたのだ。いい年をした者が夢中になるほどでなくては、スターといえまい。ところで、「ヨン様」と「雷様」は誕生日が同じ、と耳にしたけれど、本当なのだろうか。雷様は、ゴロゴロと鳴って、人のへそをねらうやつでなく、往年の映画スター市川雷蔵《いちかわらいぞう》の愛称である。雷蔵は、八月二十九日に生まれた。

亀崎章雄《かめざきあきお》という。生後六カ月で、歌舞伎役者の市川九団次《くだんじ》の養子となった。竹内嘉男《たけうちよしお》と改名。十五歳で舞台に。芸名、市川莚蔵《えんぞう》。若手だけの、いわゆる武智歌舞伎で認められる。二十歳、市川寿海《じゅかい》の養子となる。太田吉哉《おおたきちや》と改名。同時に、八代目市川雷蔵を襲名。二十三歳、映画界に入る。デビュー作は、「花の白虎隊」、勝新太郎《かつしんたろう》もこの映画でデビューした。私は小学校五年の時、学年動員で見た（学校が勧めた理由は不明。まさか白虎隊精神を奨励したわけではあるまい）。

以来、ずっと雷蔵映画を見てきたが、この人の良さは、助平ったらしくないことと、声の美しさである。心の奥底に響く、まことに気持ちのよい口跡である。

雷様はファンが奉った愛称だが、ファンは昔から女性が多く、必ずしも若い人だけではない。今年（二〇〇五年）はデビューして、五十一年になる。

私は雷様の自筆原稿を見たことがある。伊東屋の赤い格子枠四百字原稿紙に、万年筆で実にていねいに書かれていた。「婦人公論」に発表された、「私の好色譚」の原稿である。原稿では「わが好色ばなし」とあり、更に「わが好色論」と直されている。校正の段階で再度改めて、前記の題で掲載されたようだ。「好色一代男」出演に当って書かれたもので、雷蔵によれば、一代男の好色の好は、風流の意味で、色は、エロティックでなくモダンのこと。つまり、通人である。

ヨン様や雷様の魅力も、そんなところにあると考えて間違いでなく、どちらのファンも好色の徒といってよい。雷様は眼鏡と背広が大変似あい、「冬のソナタ」にぴったりだったが、三十七歳で逝ってしまった。告別式に雷が鳴ったという。

◉カットされた雷蔵の文章

『雷蔵、雷蔵を語る』（一九九五年、飛鳥新社刊）という本がある。映画スター、市川雷蔵の文章やインタビューなどを収めた、雷蔵資料の一級品である。

本書に「市川雷蔵への80の質問」というページがある。井原西鶴《いはらさいかく》原作「好色一代男」の主人公、世之介を演じるに当って、一番苦労した点は？ という質問に、こう答えている。

「いやらしくない色男をどう表現するかです」

問。「世之介とは一口にいってどんな性格で雷様はその性格のどの点を強調したいと思っていますか」

答。「フェミニストです。しかる故に前記の性格を強調します」

ついでに、もう一問。熱烈なファンをどう思われますか。「大変結構なことです。何事も情熱です」

本書に、前回お話した「私の好色譚」が収録されている。雑誌「婦人公論」に掲載された原稿だが、私が見た肉筆原稿とは、かなり異っている。「婦人公論」に当っていないので何とも判断しにくいが、少くとも単行本の文章は、原稿を大幅にカットしたもので、本来あるべきはずの小見出しも落とされている。

雷蔵の文章は、初恋から、あこがれの女性との思い出を、エピソードをまじえて語ったものだが、道で会うたび、あごを突きだして、「イーッ」という顔をする、幼稚園の女の子がいた。雷蔵も何となく意識する。

小学校に上がると、この女の子が同級生となり、二人は学芸会で共演する。

この部分が約六枚分カットされている。また後半、「わが最愛の異性」と題された一章分が、まるまる省略されている。差し障りのある内容のせいか、と思うと、全く違う。

「最愛の異性」とは、猫なのである。

小学生の時に道で拾った。かわいがっていたが、やがて近所の飼い猫とわかる。雷蔵は駄々をこね、ついに、わがものとする。ミイと名づけられた猫は、それから十五年も生きた。ミイはたくさんの子を産んだが、いずれもミイに似て、かわいい子ばかりだったけれど、「不思議にも私はそれらに対して少しも愛情を感じないのです」。一匹残らず他家にやってしまい、ミイだけをかわいがった。

激しい空襲のため、近くの小学校に避難することになった。大事なミイが居ない。泣く泣くミイを残して逃げる。奇跡的に、雷蔵が住んでいた一画だけ焼け残った。表戸を開けたとたん、雷蔵の目の前に、ミイが「まるで絵に描いた猫のように、ちんまりと香箱を作っていたのです。そして、私の顔を見上げて、いかにも懐かしげに『ニャーン』と一声啼いたのでした」

いかにも雷蔵らしい文章と思えるのだが、これをカットした意図がわからぬ。

❖首都地震に備える

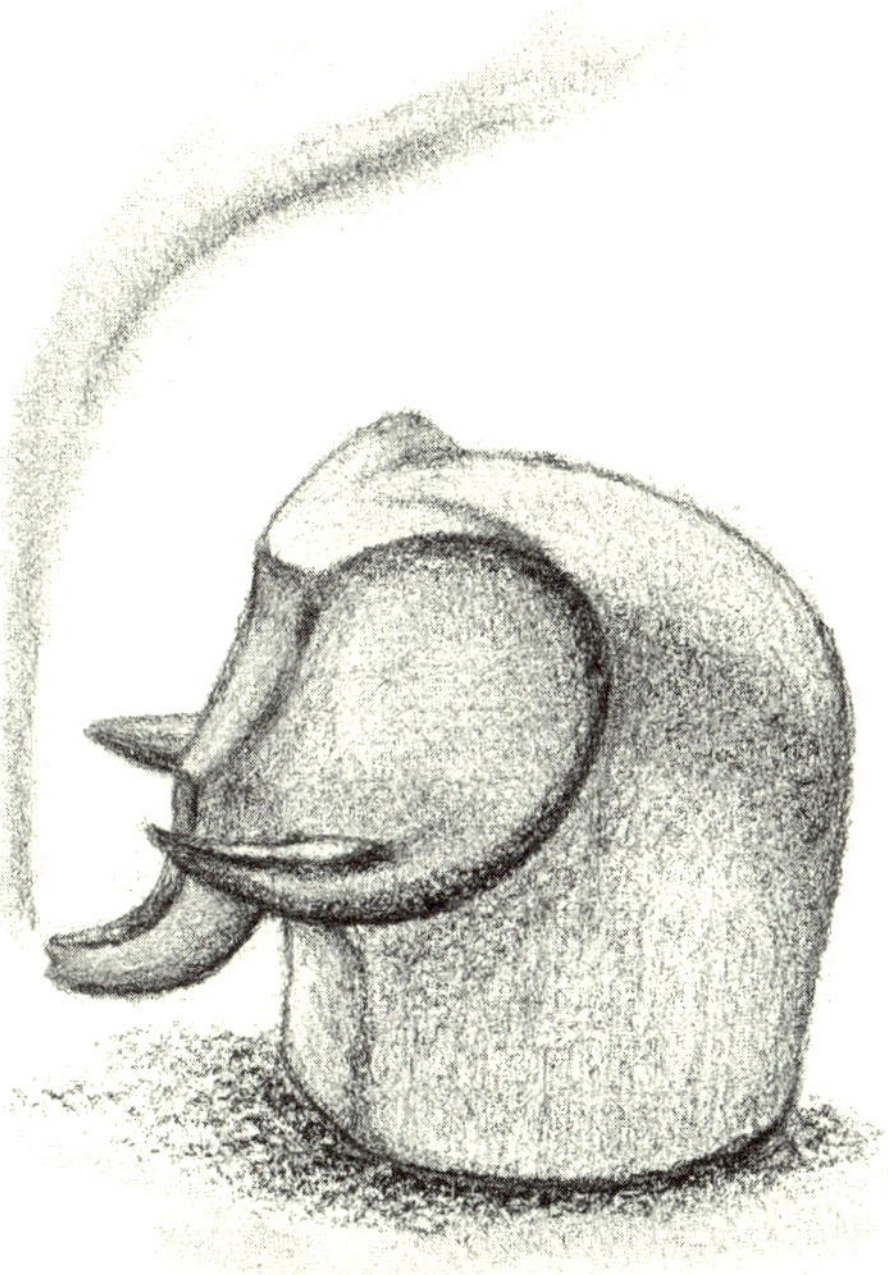

◉清涼剤、ふたつ

ごらんになりましたか？　しし座流星群。

いやあ、興奮してしまい、あやうく、だれかれに電話をしまくるところだった。何しろ、午前四時である。さすがに、踏みとどまった。朝っぱらから迷惑だろう、というより、ベランダなり屋上に出ていて、電話が通じまい、と考えたのである。だれもが、流星群に見とれているもの、と思っていた。

ところがギッチョン、ほとんどの知友が、寝入っていた。

流星群の出現を知らなかった者もいた。大半が、ながめるつもりでいたが、雲が厚いために、望み薄いと判断して、あきらめてしまったのだ。

私が送ったファクシミリに、じだんだを踏むこと、しきりである。私は冒頭の文句を記したのである。そして、こうつけ加えた。

「私は見ました。星の滝に打たれました」

何という優越感であろう。自分一人の特別の体験ではないのに、なぜか、言い触らしてみたくてたまらない。二百年か三百年に一度しか見られぬものを見た。それは確かに感激だが、見ようと思えば、だれでも見られた光景を、見逃さなかったという喜びであろう。

それにしても豪勢な天体ショーだった。「星が降るようだ」という形容そのもので、流星と称するよりも、降星の群れである。

全国でながめられたのも、嬉しいことだった。特定の地に出かける必要もなく、自宅の窓から、無料で楽しめた。おとなも子供も、富める者も貧しき人も、若者も老人も、何の制限もなく見ることができた、というのが嬉しい。

どこの家々も電灯がともり、黒い人影があった。

「今夜は泥棒も臨時休業だろう」と私はカミさんに冗談を言ったが、翌朝の新聞に、流星群見物の人に目撃されて捕まった泥棒の記事が出ていた。

泥棒いわく、「今夜が特別な晩だと知らなかった」

たぶん、昼間寝ていて、テレビを見ていなかったのだろう。

さて、十一月二十一日の早朝は、またまた嬉しいニュースが入って、またまた知友にファクシミリである。イチローの、最優秀選手受賞のニュース。私は午前六時のラジオで知った。「イチロー」とだけ書いて送信した。

これで意味が通じる。知友のほとんどがイチローファンで、特に奥さんがそうである。去年までイチローは「記録上の有名人」で、そのプレーを見た者が少ない。今年はNHKがほぼ全試合を実況中継した。たちまちファンになった。私は奥さんがたに、「タツロウさんでなく、イチローさんならよかったのに」と残念がられた。

いやなことばかり多い中で、この二つが最近の清涼剤だ。

平坂書房

http://www.hirasaka.com/

MORE'S店

Tel:046-822-2655
お買い上げありがとうございました
またのご来店お待ちしております。

■■■■ 領 収 書 ■■■■

2009年04月14日(火) 16時58分
50002-02 担当:細田

一般文芸書
9784860291426
¥1,575

計	1点	¥1,575
	(うち消費税等	¥75)
現金		¥1,575
お預り		¥5,005
お 釣		¥3,430

伝No. 10689040 Seq. 696217

◉ 柿は木も実も若葉も

このところ、連日、柿を食べている。連日、と言うと、たくさん食べているように聞こえるが、なに、一日に一個か二個である。漱石《そうせき》の『三四郎』に、正岡子規《まさおかしき》は柿が好きで、樽柿を十六個いっぺんに食べたとあるが、子規は特別だ。寝たきりで、胃腸が痛み消化機能が衰えているというのに、明治三十四(一九〇一)年十月二十五日の昼食は、マグロの刺身で、飯を二椀、牛乳五勺、ビスケットに塩センベイ、奈良漬、デザートに柿を三つ食べている。「カブリツク熟柿や髯ヲ汚シケリ」(『仰臥漫録』)。

世の柿好きも、とうてい子規には太刀打ち出来まい。私は柿の実も好きだが、柿の木が、大好きである。おそらく四季おりおり楽しめる木といえば、柿に勝《まさ》るものはないだろう。

春の若芽も可憐ですがすがしいし、若葉も、匂うようである。白い花もきれいだし、青い実もいい。紅葉の美しさは、柿が一番でなかろうか。熟柿が陽に輝いている色は、何とも言えない。落葉、またよし。枯れ枝も風情がある。柿は幹も枝も葉も花も実も、皆、見どころがある。

以前、柿の種を庭の隅に埋めたのであるが、土壌がよくないのか、種に細工をしないせいなのか、一向に芽が出てこない。三、四年、繰り返したが、だめだった。「桃栗三年柿八年」というが、八年というのは、芽が出るまでの期間をさすのだろうか。そう言えば、昔の唱歌に、「早く芽を出せ、柿の種。出さぬとハサミでちょんぎるぞ」とある。やっぱり芽生えが遅いのだろう。それにしても、土に埋めた種子をハサミで切るぞとは、穏やかでない。

「柿には、まだ美しいところがありますよ」とカミさんが言う。

「干し柿です。干してある風景もいいですよ」

「そうだ。実だけでなく、皮が干してある風景もいい」

どこだったか忘れたが、晩秋の農家の物干しざおに、赤黒いしごき帯が、ずらりと下がっていて、近寄って見ると、柿の実の皮だった。干し柿を作る際に出たものだろう。ぬか味噌に入れたりするらしい。

新潟のおけさ柿というのを食べていたら、知人が来た。お茶うけは、そのおけさ柿である。「最近の柿は種がありませんね」と言う。

「種のない種類なんでしょう。種のある物は敬遠されるのじゃないかな」

柿の美点に話が移った。

「種も美しいですよ。艶々として、何かに似ている」「琥珀?」

「こんな歌があったじゃありませんか。何かの替え歌かな。油虫、羽を取ったら柿の種」

「油虫、ねえ」

美しいどころではない。

◉常規凡夫は蒸気ポンプ

前回、正岡子規の話を書いたのは、ちょうど子規のエッセイ集を読んでいたからで、実は子規の生まれ故郷・松山市を訪ねる用事があった。用がすむと、まっ先に、子規記念博物館に足を運んだ。明治時代の蔵を思わせる建物である。展示品も充実しており、私が今まで見た文学館の中では、最も見やすくて、飽きなかった。

大体、私は文学館に限らず、記念館、郷土館などの見学は苦手で、最初こそ熱心にながめるが、三十分もたつと落ち着かなくなる。説明の文字を読むのが、苦痛になってくる。

それが、子規記念博物館では、全くなかった。

ビデオコーナーでは、備えつけの五本のビデオを、すべて見た。こんなことは、まず、ありえない。ビデオは一本十数分だから、このコーナーだけで、一時間も楽しんだ勘定である。

展示品の説明文で、教えられたところは、いちいちメモを取った。子規はたくさんのペンネームを持っていたが（漱石もその一つ。漱石と出会う前に作っていた）、たとえば「常規凡夫」の読み方である。常規は子規の本名だが、これは「じょうきぼんぷ」と読ませたらしい。蒸気ポンプ、の洒落である。蒸気といえば、子規は少年時代、こんなドドイツを作っている（これも説明文をメモした）。

「恋の重荷を車にのせて、胸で火をたくおか蒸気」

陸蒸気《おか》は、汽車のことである。ついでに、もう一つ。「旨《うま》いお世辞を郵（言う）便だから、わたしゃ半句も電（出ぬ）信機」「真棹家」というペンネームもある。これは「まさおか」と読むと知った。「都子規」は、「つねのり」である。筆名の読みについて、教えてくれる者がいない。楽しい勉強になった。

子規記念博物館で難点と感じたのは、トイレの水音が、場内に響くことである。これは何とか改善できないか。使う者も、聞く者も、気が気でない。

子規の絶筆を飾ったケースの照明が明滅するのは、どうも落ち着かない。俳句革新運動の口火を切った『獺祭書屋俳話《だっさいしょおくはいわ》』は、古本で結構ある本だが、展示の品は表紙と見返しの下方が破れていて、大変見苦しい。

何かと文句をつけたが、私は四時間余も楽しんだ。これで入館料三百円である。館を出て近くの道後温泉で、ひと風呂浴び、帰ってきた。入浴料三百円。六百円で私は半日遊んだわけだ。

話は変るが、皇后さまのご実家保存の話が立ち消えになって、私は内心ホッとしている。皇后さまの思い出の中にのみ残すべきである。松下村《しょうか》塾《そんじゅく》や、道後温泉本館のように、大勢の者が出入りした建物とは違う。

私は子規の旧宅（復原らしいが）には行かなかった。

◉日なたぼっこしつつ

日なたぼっこが好きなのだが、ちかごろの日差しは、大変きつい。夏のそれよりも、強烈である。昔はこんなではなかったと思うが、レースのカーテン越しでないと、あぶられるようで、じっとしていられない。日なたぼっこをしながら、本を読むのが楽しみなのに、まぶしくて活字が目に入らない。本文の用紙が、ちりちりと丸まるほどである。

しかし、日なたぼっこというやつは、ただボンヤリとしているのは、もったいない気がするのである。といって、仕事をする気分にはなれない。夏目漱石《なつめそうせき》は、日の当る縁側に机を出して、麦わら帽子をかむりながら小説を書いていたようだが、漱石先生は別格である。

凡人の私は何をしているかというと、年賀状の、お年玉はがきの当選番号を調べている。

一枚ずつ、じっくりと、調べている。

惜しい番号が、いくつかあった。二等の、下五けたの番号である。当選番号は、五一九五〇。私の手元のはがきは、五一九三〇。

何度、見ても、二〇番違いである。差し出し人は、何枚出したかわからないが、知友の一人に当ったことは間違いない。

結局、私は、「お年玉切手シート」が六枚当った。毎年、こんなものである。当っただけ、めでたい。

番号調べを終って、新聞を読んでいたら、読者の川柳に、「切手シートだけで今年も恙《つつが》なし」とあり、大笑いした。北海道旭川市の金子悠二郎さんの作品である。物は考えよう、気の持ちよう、なのだ。

年賀はがきの当選発表で思いだした。ノンフィクション作家の佐野《さの》眞一《しんいち》さんに聞いた話である。

阪神大震災の直後に、被災地を訪れた佐野さんの目に入ったものは、潰れた家屋と共に、至るところに散乱している年賀状であった。どこに行っても、足元にある。そこには差し出し人の名と、あて名が記されている。あて名の人がどうなったか。佐野さんはそれを思うと胸がつまった。考えてみると、あの震災は、お年玉くじ当選番号が新聞に発表された翌日でなかったか。当選か否か、調べていたのに違いない。だから、賀状が散乱していたのである。「手紙の名前というのは、見知らぬ人のものでも、実になまなましいものですよ」

私は佐野さんのその言葉に触発されて、『おんな飛脚人』という小説を書いた。時代は幕末。安政江戸地震の前年に、町飛脚が誕生している。風鈴を鳴らして走ったので、チリンチリンの文屋と呼ばれた。地震後の飛脚人の活躍を書くつもりだったのに、地震の前年で話が完結してしまった。ＮＨＫの金曜時代劇『人情とどけます』は地震後に設定している。私の原作より、はるかに面白い。

◉暑い暑い夏だった

東北在住の知人から、なんと、松茸を送られた。中国または韓国のみやげだろうか、といぶかしんでいるところに、電話があった。

たぶん、そう怪しむのでないか、と思ってね、急いで電話をした。笑いながら、北朝鮮産でもないよ。純然たる国産だ、と言う。

まさか？　荷が届いたのは梅雨明け宣言がない時期なのである。

「本当だ。こちらはもう秋の陽気だ」知人が、語る。

なんでも、紅葉が始まった所もあるらしい。松茸も勘違いして生えだしたという。初物には違いないが、妙な気分である。そういえば、七月の半ばに、わが家の近所でヒグラシが鳴いていた。カミさんが何の声かしら？　と気味悪がったが、まさか都内で今時分にヒグラシが鳴くとは、だれも思わない。

　カミさんが私の著書を取り出して、あちこちめくっているので、珍しいこともあるものだと声をかけたら、なんでも読者から問い合わせがあったらしい。

　小中学生向きの新聞に、私のエッセイが紹介されていたが、一部のため、全文を読みたい。ところが、その本が見つからぬ、という。「何という題だって？」「夏の冒険だそうです」「はてな？　そりゃ作者違いだろう」。私はそのようなタイトルの文章を書いた覚えがない。他のことは忘れても、自分の書いた作品の題だけは、頭にある。

　その時はそれで終ったが、夕食時に松茸ごはんを賞味しながら、また、「夏の冒険」の話になった。要するに、ちぐはぐな今年の季節の話題が出て、読者の問い合わせにつながった。「防空壕に閉じ込められる小学生のことが、書いてあったそうですよ」「防空壕？小学生？　そりゃ、おれのことだよ」「えっ？　それじゃ、あなたの作品ではありませんか。悪いことをしてしまったわ、読者に」「変だな。でも、夏の冒険という題で書いた覚えがないけどなあ」

コラムを含めると、かれこれ四千篇は書いている。同じような話も、つい書いてしまう。防空壕に閉じ込められた話、というのは、私が小学三年の夏休みのできごとである。小学校の裏山に、戦時中に掘られた防空壕が、何本かあった。その一つに級友と入りこんだ。探検である。よせばよいのに、自分たちでもっと奥に掘ろう、と野心を起こした。息苦しいので、青竹の節をくり抜き、これを穴の入口から奥に引き込み、掘りながら竹に口を当て、酸素を吸っていた。突如、入口が崩れ、穴に閉じ込められた。結局、空気管用の青竹がスピーカーの役も果してくれ、命拾いした。あの年の夏は、暑かった。防空壕を出たら、蝉時雨がすさまじく、汗がいちどきに出た。

◉ 天災は忘れたころ

今から百四十八年前の安政二（一八五五）年十月二日午後十時ごろ、江戸は大地震に襲われた。いわゆる安政の江戸地震である。死者は、七千人から一万人といわれている。地震に遭遇した江戸人たちのドラマを、『安政大変』という小説集にまとめた。残暑お見舞いのつもりで、出来上がった著書を知友にお送りした。次々にお礼状をいただいた。

「表紙を見ただけで怖くて、また書名も帯のキャッチ・コピーも恐ろしく、ならば本文も一層すごいだろうと、いまだに読めません」

この人が聞きしにまさる地震恐怖症なのを、ついうっかり忘れていた。一方、「地震大好き人間なので、早速拝読しました」という礼状があった。いろんなかたが、いる。

別に当て込んで出版したのではないが、今年（二〇〇三年）は大正十二（一九二三）年の関東大震災から、ちょうど八十年になる。あの大地震を体験なさった人たちが、少なくなったということだ。

私の父親は、茨城県行方郡武田村（現在は行方市《なめがたし》）で農業の手伝いをしていた。大地震当日の夕方、東京の方角の空が、まっ赤に燃えていた。黒いものが空に舞い上がる。カラスが大火におびえて群れているのだろう、と皆で話しあっていた。

それからどのくらいたったか、紙の燃えかすが、ずいぶん飛んできた。カラスの大群は、燃えがらだったのである。お札だ、とだれかが叫び、奪いあいになった。紙幣ではなく、雑誌の口絵の切れはしであった。

亡父は関東大震災の思い出というと、必ずこの話をした。私はうなずきながら聞いていたが、その実、亡父の作り話だろう、と笑っていた。父親は新聞雑誌の読者文芸欄に、詩歌やコントを投稿して、賞金稼ぎをしていた。小説も書いていたから、この程度のエピソードを創作するのは、お茶の子だったろう。いくら何でも、東京の燃えがらが、茨城県の田園地帯に飛来するはずがない。そう思っていた。ところが、ある時、寺田寅彦《てらだとらひこ》全集を読んでいると、寅彦がこの大正大震災の調査をしている。その報告書が載っている。亡父の郷里の、茨城県行方郡役所が寅彦に報じた内容が出ている。

こうある。東京より飛来し落下した物品の多くは、新聞紙などの印刷物や布の焼けた断片で、郡内の大部分にわたった。発見は九月一日午後五時頃なり。

亡父の話と、符合する。「天災は忘れたころ来る」は寅彦の名言といわれるが、弟子の中谷宇吉郎《なかやうきちろう》が要約して広めた言葉である。寅彦には予言の素質があり、ドイツ留学直前、師の夏目漱石《なつめそうせき》に、近いうち大地震が、と耳打ちした。滋賀地震を的中させ、師を驚ろかせた。

◉ 命を懸けた尊い行為

中越地震の被災者のかたがたに、何と申し上げたらよいか……。震災のむごさに、言葉もない。当り前の日常が、突然、当り前でなくなるのである。人の力で、どうすることもできない。

しかし、助けることはできる。そう思ったのは、二歳の優太《ゆうた》ちゃんを救出した、レスキュー隊の活躍ぶりである。あの人たちは、自分の命を懸けて、一人の幼い命を助けだした。何と尊い行為だろう。

たまたま今年の叙勲者が発表されたが、人を助けぬ政治家に授けるくらいなら、この人たち一人ひとりに進呈すべきだろう。誰もが納得する叙勲である。

まだ、いる。台風23号に襲われた京都府舞鶴市の観光バスである。地震の蔭に隠れてしまったが、水没したバスの屋根で一夜を明かした乗客の人たちである。

あの時、濁流に押し流され始めたバスを、つなぎとめるべく、たまたま流れてきた竹竿の一端を、立木にかじりついた人が握った。もう一方をバスの乗客が握る。立木まで泳いだ人は、六十八歳の男性である。

寒さで手がかじかんだが、必死で耐えた。しかし次第に握力が無くなる。手を離せば、バスは流れる。

屋根の乗客の一人が、靴ひもを持って水に飛び込み、立木に向った。この人は六十七歳である。竹竿を木に結んだ。そうして、夜明けまで、実に八時間の余、木にかじりついていた。

テレビで見た時、樹上の二人がバスの乗客とは、わからなかった。水没した乗用車の持ちぬしが、木の上に逃げたのだろうと思っていたが、事実は以上の通りであった。バスの屋根で竹の一方を握っていた人は、六十二歳の男性である。バスの乗客三十数名は、かくて無事救出された。流れてきた竹竿は、神の贈り物としても、これでバスをつなぎとめたのは、人の知恵であり勇気である。六十代という年齢が、泣かせるではないか。この人たちの行動は顕彰されていい。

先の優太ちゃんだが、元気になった姿のビデオが公開された。お医者さんが撮影したビデオである。これも嬉しい話だった。日本中の人たちが、救出を見守っていた。優太ちゃんは国民みんなの子といってよい。こんなに元気になりましたよ、という報告は心ある贈り物である。優太ちゃんはおいしそうに牛乳を飲み、バナナを食う。祖母が歌うように、穴のあいているレンコンさん、筋の通ったフキさん、と言いながら、食事の介添えをする。この文句は即興だろうか。それとも昔から伝わる食べ物の歌だろうか。

何だかなつかしいような食事風景で、見ていて涙があふれてきた。悲惨な日常の中に、人情味ゆたかな、あたたかいものを感じたのである。

◉大地震の69年周期説

犬がほえたので目がさめたのか、どん、と突き上げられたので覚醒《かくせい》したのか、恐らく、そのどちらでもあったろう。

明け方の地震である。けっこう大きかった。急いで、テレビをつける。なかなか情報が、示されない。やがて、茨城県のつくば市、土浦市付近が、最も強く揺れた、と出た。

東京は、と見れば、震度三である。嘘だろう、と思った。私の「体感震度」では、四強はあった。気象庁の震度計は、寝ぼけているに違いない。確かに寝ていて感じる揺れは、立ったり座っている時のそれと比べて、大きく感じるものだ。明け方の、世間が静まっている時だから、一層である。しかし、それにしても三の震度ではない（日本経済新聞によれば、東京大手町は三、杉並は四とある。筆者の住所は杉並である。「体感震度」は正確だったことになる）。

「いよいよ近づいてきたみたいね」とカミさんが深刻な表情をしたのは、つい数日前、関東大震災の話を夫婦で交わしたばかりだからである。

私は地震博士といわれた河角広《かわすみひろし》博士の話をしたのだった。

私が古本屋を開業してまもなく、上品な老婦人に、習字の手本を頼まれた。鵞堂流《がどう》といって明治大正期に流行した書家、小野鵞堂《おのがどう》の「三体千字文」である。さいわい在庫していて、間に合わせることができた。老婦人が喜び、こんな話をした。

夫は亡くなったが、近所にお宅のような、古い物だけを集めた本屋さんが開業したと知ったら、どんなに楽しみに通ったことだろう。夫は外出すると、必ず古書を買わずにいられない人だった。毎日、買って帰った。この世に書物というものがなかったら、生きる張りあいがない、と言っていた。

ご主人の名をうかがうと、河角です、とはにかまれた。私は古本屋だから、あの六十九年周期説の？　ピン、ときた。そうです、と婦人がうなずかれた。

河角博士は関東大地震の六十九年周期説を唱えて、有名になった。統計上、そういう計算になるらしい。厳密には六十九年プラス・マイナス十三年である。

たとえば大正の関東大地震は一九二三（大正十二）年だが、それより六十八年前の一八五五（安政二）年に安政の江戸大地震がある。その前はというと、七十三年前の天明二（一七八二）年に、江戸や三河、越中、加賀など広い範囲の大地震があった。

河角博士の説は、学問的にはどうなのだろう。六十九年周期説だけが面白がられたとしたら、博士には不本意なことだったろう。その意味でこんな話をしたくないのだが、関東大地震から六十九年に十三年をプラスすると、ちょうど今年（二〇〇五年）が該当するのである。

◉首都地震に備える

地震の話をしていたところに、専門調査会が、首都直下地震の被害想定を発表した。死者は東京、埼玉、神奈川で合計一万三千人というが、そんな数だろうか。負傷者が、およそ二十一万人。建物の倒壊などの経済損失を、金額に見積ると百十二兆円で、阪神淡路大震災の約十倍ということだが、こんな程度でおさまるまいという気がする。

大正十二（一九二三）年の関東大震災の死者不明者は、約十四万人であった。全壊焼失家屋は、約五十七万戸である。当時の家屋は木造がほとんどで、圧死より火災で亡くなった人が大半を占める（東京の人口は約二百万）。

地震が起こったのは九月一日午前十一時五十八分であるが、この日から約一カ月間の東京の様子を、新聞記事で追ってみた。近い将来、確実に来るであろう、首都大地震に備えるためである。備えるといったって、人間の力で防げるものではない。どのように対処したものか、心構えの参考にしようというわけである。

ところで地震の第一報は、東京の主な新聞社が焼けたため、大阪他、各地方紙が号外で報じている。東京は暴風雨で強震連続、と情報が不正確なのも、電信電話などの通信手段しか無い時代だからである。ラジオ放送が始まるのは二年後だった。

出所不明の流言に惑わされるな、と戒めながら、一方で、武装した暴徒が、首都の混乱に乗じて、高位高官に爆弾を投げつけている、などと報道する始末。大地震でまず注意が必要なのは、この流言である。

インターネットでの情報に慣れている現代人は、うわさが真実か否か、見分ける能力が衰えているのではないか、と思われる。どうでもよいようなおしゃべりがネット上にあふれ、これに麻痺しているため、にわかに選別できない。悪口雑言を好む者、人のうわさを楽しむ者は、匿名性の「電脳」を格好の吐け口に用いるだろう。飛びかう怪情報は、大正の世の比ではあるまいと思う。

こんな記事がある。東京の地震と新潟秋田の降水量の関連を論じたのは、地震学者の大《おお》森房吉《もりふさきち》氏だが、雨よりむしろ大雪ではないか。なぜなら明治二十六（一八九三）年は越後第一の大雪だったが、翌年に東京に激震が起こった。昨年はかつて無い大雪で、今回の地震である。

「将来雪の多い越後で東京方面の大地震を予報し得らるゝ時は必ずやあるであろう」

この談話は新潟測候所のものだが、記事は「柏崎日報」九月十日付による。

同紙で初めて知ったのだが、九月一日は柏崎地方にも強震があり、駅前の大倉庫（米一千俵、炭五百俵が収納されていた）が崩壊したという。ケガ人は無かった。

◉女性の服装の転機

大正十二（一九二三）年九月一日の関東大震災後の、東京の様子である。スイトンが売れ、ドラ焼きが売れた。どちらも、簡単に作れる。自転車屋さんが、繁盛した。自転車が売れるのでなく、パンクの修理である。何しろガラスや、いろんな物が散乱する道路を走るのだから、すぐにパンクする。この時代、自転車、荷車などは無くてはならない。自転車のパンク修理は、昔も今も全く変わらない。水を張ったバケツに、チューブを浸して、パンクの穴を見つけるのである。

懐中電灯が飛ぶように売れた、と新聞にある。一日に百二十円から百五十円の売り上げで、もうけが四割とあるが、肝心の懐中電灯の単価がいくらなのか、出ていない。国産の自転車が五十円くらいだった。

古本屋では、法律書が引っぱり凧《だこ》で、大阪や仙台などに仕入れにまわった、とある。焼けた会社や官庁などが必要で求めたのである。ついでに言うと、戦後の古本屋では、石けんの作り方の本が、最も高く売れた。また辞典類が、大いに売れた。勉強しようという者が求めたのでなく、辞典のインディア・ペーパーが、タバコの紙に代用されたのである。薄くて、手巻きのタバコ紙に、ちょうど良かった。どんな味がしたろう。タバコの葉も代用で、唐もろこしの毛などを刻んだらしい。

関東大震災は、女性の服装も変えた。和装から洋装に、なった。丸ビルの婦人子ども洋服屋さんが、談話を発表している。それによると家庭の主婦がほとんどで、初めて洋服を着る人ばかりだった。若い女性は少ない。洋服なら普段着も晴れ着も一枚ですむので、経済的な理由からだろう、と女性店主が推測しているけれど、実際は非常の際に和装は活動しづらいせいだろう。それを地震で体験したためと思われる。日本女性にズロースが普及するきっかけは、昭和七（一九三二）年十二月十六日の、日本橋の白木屋デパートの火災、といわれる。和服の女性たちが、裾があらわになるのを恥じて飛び降りるのをためらい、逃げ遅れて焼死した。しかし、むしろ関東大震災が、下着革命をうながしたようである。

震災の惨状を写した写真絵葉書が、大量に売りだされた。なまなましい焼死体の写真が多かったので、政府は発売を禁止した。中には女性の裸体も、うつっている。これらの絵葉書や、自分が目にした被災時の逃げまどう姿から、洋服の利点を覚ったかも知れない。白木屋火災の写真が、普及に拍車をかけたということか。

関東大震災の最大の影響は、東京から江戸のなごりを一掃したことだった。これだけは確実である。

したじた？——あとがき

下々《しもじも》は庶民のことで、著者もその一人である。

明治の初め頃は、「しもじも」でなく、「したじた」と言っていたらしい。

いや、嘘ではない。読売新聞が創刊されたのは、一八七四（明治七）年の十一月二日だが、その第一号の一面に、「布告《おふれ》」が載っている。読売新聞の最大の特徴は、「俗談平話」で、これが社の方針でもあった。世間話を、普通の言葉で語ることである。当時の新聞は知識階級を読者に想定していたから、文章は漢文調で、政治の話題が主であり、「下々」にはとっつきにくかった。読売新聞は、「下々」を相手にすべく発刊されたのである。

漢字には、読みがなを振った。この振りがなが、ユニークなのである。当時の「下々」

の口にする言葉を用いた。

たとえば、裁判は「おさばき」で、平常は「ふだん」、諸方は「ほうぼう」、路傍は「みちのわき」、模範は「てほん」で、賞典は「ごほうび」、太陽は「てんとうさま」である。高貴を、「うえうえ」と読ませている。「下々」の反対語である。

さて、「布告《おふれ》」だが、天皇皇后がお通りになる際の敬礼作法を述べている。「下々《したじた》ニ至《いた》ル迄《まで》」あまねくわきまえるように、と注意している。

布告の原文には、恐らく振りがなはあるまい。新聞社が、わかりやすいように施したに違いない。布告であり、まして天皇皇后に関することだから、いい加減に読みをつけたはずがない。読み間違えたのでないとすれば、「したじた」と言っていたのだろう。「しもじも」というと、下《しも》がかっているとか、下《しも》の話題とか、下半身をつい連想する。しかし、「したじた」となると、高貴《うえうえ》に対する露骨な言い方で、どうも面白くない。「しもじも」は、へりくだっている嫌いはあるが、いかにも庶民らしい。

庶民の意見は、地べたから物を言う。踏みつぶされるけれども、簡単になぎ倒されない。泥まみれになっても、なお、口のある限り、しゃべり続ける。
立派な意見ではない。けれども、着飾らない意見である。普通の言葉で、物申している。「ご意見」とへりくだっているが、政治家の漢語まじりの空疎なそれより、中身は濃いし、正論が多いと自負している。

二〇〇五年十月一日

出久根　達郎

本書は「日本経済新聞」二〇〇一年十月二日から二〇〇五年六月一日までの毎週水曜夕刊に「レターの三枚目」のタイトルで連載されたエッセイから七十七本を選んで編集し、一部加筆したものです。

日本音楽著作権協会（出）許諾第〇五一四五二五―五〇一号

出久根達郎（でくね・たつろう）

❖――昭和十九（一九四四）年、茨城県に生まれる。古書店「芳雅堂」を営むかたわら文筆生活に入る。平成四（一九九二）年、『本のお口よごしですが』で講談社エッセイ賞を、翌五年、『佃島ふたり書房』で直木賞受賞。著書は、『古本綺譚』『おんな飛脚人』『御書物同心日記』『倅宿』『漱石先生の手紙』『犬大将ビッキ』『かわうその祭』『あらいざらい本の話』『養生のお手本――あの人このかた72例』ほか多数。

下々《しもじも》のご意見 二つの日常がある

二〇〇五年十一月二十七日［初版第一刷発行］

著者……出久根達郎

発行者……加登屋陽一

発行所……清流出版株式会社
東京都千代田区神田神保町三―七―一 〒一〇一―〇〇五一
電話 〇三（三二八八）五四〇五
振替 〇〇一三〇―〇―七七〇五〇〇
〈編集担当・藤木健太郎〉

印刷・製本所……図書印刷株式会社

乱丁・落丁本はお取り替え致します。
ISBN4-86029-142-5 C0095
http://www.seiryupub.co.jp/